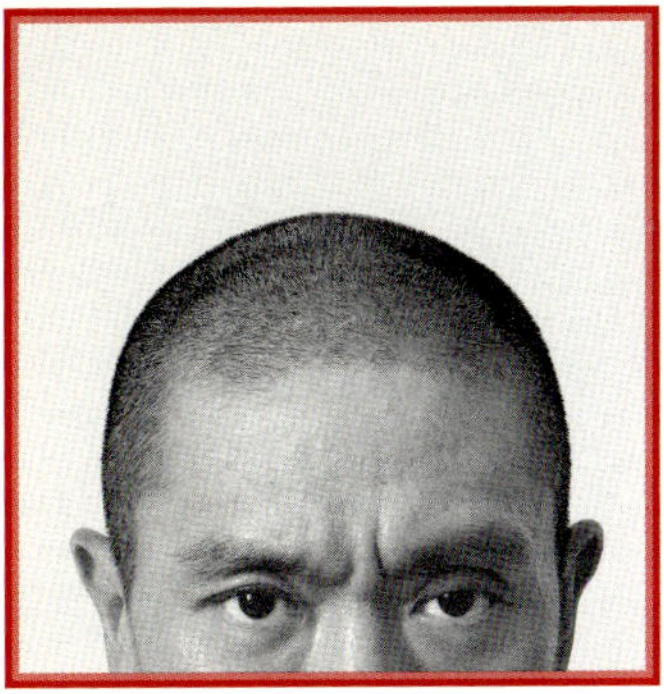

怒

Hitoshi MATSUMOTO'S

IKARI Red Edition

SHUEISHA

目次

松本人志の怒り　赤版

なにもしない福田首相

福田内閣の支持率が下がりっぱなしです。年金問題にしても、道路問題にしても、閣僚の失言にしても、福田首相は「なにもしない」という印象が強いから当然なんですけどね。

（隣のヤマダ・北海道）

まあ、福田のオッサンだけが悪いわけでもなく、誰が首相になってても、今の日本の状況は起こったとは思うんです。

でも、福田さんを見てて思うのは情熱を感じないことですね。

のらりくらり、のらりくらり…。

首相になりたい人なんて、くさるほどいるはずです。情熱がないんやったら、辞めたらええのになー、とは思いますね。

〔08年3月〕

レンタルパンダ

上野動物園のパンダ、リンリンが死んでしまいました。その直後に来日した中国の国家主席と会談した福田首相は、パンダを借り入れることだけは交渉に成功したようです。パンダって大事ですか？

（ルンルン・愛知県）

中国は日本にパンダをプレゼントしてくれるんではなくて、あくまでレンタルで、その費用が1頭あたり年1億円かかるんですよね。石原慎太郎都知事が「いらんなぁ」と言った意味がわかりましたよ。これは、（法外な値段で）ヤクザがスナックに無理やり置いていくオシボリみたいなものですか（笑）？

そこまでして、パンダって見たいですかね～？　実はボク、生でパンダを見たことがないんです。きっと、これからも見ないと思います。なんで、みんなはパンダが好きなんでしょうか？　え、かわいいからですか？　ふ～ん、ボクにはわかりません（笑）。

〔08年7月〕

くいだおれ人形

レストラン「大阪名物くいだおれ」の閉店にともない、人形の「くいだおれ太郎」も姿を消しました。しばらく、全国各地を旅するらしいのですが…。やっぱり太郎は大阪にないとダメですよね？

（直井くいだおれ・東京都）

道頓堀にはグリコの看板（ネオン）があって、かに道楽の蟹があって、そして、かに道楽の斜め前にくいだおれ人形があるんです。

その位置関係が、「三点セット」で意味があるとボクは思うんです。

だから、あの人形を買って通天閣に置こうとか、阪神タイガースが買って甲子園に置こうとかいう話がありますが、それはあまり意味がないんですよね。

おそらく、そのへんの事情を地方の人はよくわかってないんじゃないか。

通天閣が難波にあると思ってるのかもしれませんね（笑）。

（編集部注↓難波の道頓堀から千日前の通天閣までは同じミナミではあるが、歩いて

行くにはちょっと距離がある）

まあ、いったん通天閣に置いておけば話題にはなるかもしれませんが…。でも保存したいならば、くいだおれ人形のあるあの界隈をビルごと買い取って、今までと同じところに置いておくのがなんといってもいちばんいいんです。

あの「くいだおれ」の店で食事したことはあるか、ですか？　1回くらい入りました。ほんとにねー、うまくもまずくもないんです（笑）。こう言っちゃあれですが、逆に、あの人形がなかったら、とっくにつぶれていたかもしれません（笑）。

ちょっと料金が高かったように覚えています。ボクは昔、心斎橋を拠点に仕事を何年もしていたのに、1回しか入ったことがなかったということは、そういうことでしょう。地元の人が行く店というよりは、くいだおれ人形をウリにした観光客用の店でした。でも、観光客も人形の前で写真だけ撮って、店に入らなかったんでしょうね（笑）。

ボクがあの場所自体を買いたいと思うか？　ビルごと土地ごとなら何億もするでしょう。ちょっと手が出ないです。かといって、阪神が買うのもやっぱり違う。阪神タイガースは西宮（兵庫県西宮市に甲子園球場は存在する）ですから。

ちなみにですが、阪神が優勝をした時に、人形に吹き出しをつけて「わて、泳げまへんねん」と書いてあったから、道頓堀の川へくいだおれ人形が投げ込まれなかった、という話には笑いました（笑）。

新宿に（小学校を改造して）新設した吉本興業本社の前に置くのも意味がないかなあ。いっときは見に来る人がいるでしょうが、そういうことじゃない。

製造に1千万円かかったという話がありますが、ボクが今、値段をつけるとしたら300万円くらいかな〜。やっぱり、あそこのポジション、あそこの場所にいてこその「くいだおれ人形」なんですよ。

しかしまあ、意外と大きな（全国区的な）ニュースになってんねんなー、というのが正直な感想です。

〔08年6月〕

橋下大阪府知事

大阪府知事に橋下弁護士がなりました。橋下さんをどう思いますか？　それに東国原宮崎県知事のようなタレント知事ってどうですか？　（アイザス・滋賀県）—


橋下さんの印象ですか？

番組でご一緒したこともありますが、サービス精神旺盛な人だと感じました。

それがいいほうに出る時もあるし、失言みたいな悪いほうに出る時もあるし…。

東国原知事のように、府知事として町起こしをしたいと語っていましたが、（有名人としての知名度によって）それが成功するなら、全国、有名人知事だらけになってしまいそうですねえ。

東京も、そういえば今は石原慎太郎さんですもんね。ズブの素人ではないですよね。

まあ、まあ、橋下さんもとにかくやってみるしかないんじゃないですか。

大阪復興といいますか、町おこしに関して言いますと、大阪人の保守的な考えを直すことから始めなければいけない、ということがわかっているかどうかでしょう。

大阪の吉本のタレントが全国ネットの番組をやると、東京より大阪での視聴率のほうが高いことが多いんです。『M―1』なんかもまさにそうなんです。

（編集部注→サンドウィッチマン優勝の『2007M―1』の視聴率は関西30・4％、

関東18・6%であった)

…ボクには、ここがフクザツですね。

関西の視聴率は、(大阪の芸人が出ているという)地元びいきが主で、内容は二の次なんか…と思ってしまうんです。東京のほうがお笑いの視聴率が高いという逆の結果はほとんどないですから。

まあ、関西人のほうが、「テレビをよく見てる」ということもいえますね。(お笑いのような)わかりやすい番組が好きなんでしょう。フジテレビの月9ドラマでも、ベタな内容の時は、関西のほうが視聴率が高いですし。

ここまでお笑いの視聴率に差があると、ボクたちは大阪離れできていないのかと少し考えさせられます。

〔08年3月〕

スピード社の水着

新記録が続出する水着「スピード社のレーザーレーサー（ＬＲ）」！　それにしても北京五輪直前にして、選手が着られる？　着られない？　の対応のマズさはなんだったんでしょうね。選手がかわいそう。（ミナミン・北海道）

水泳の問題にかかわらず、これはスポーツというものにはずっとつきまとう話ですね。例えばゴルフだと、ものすごく飛ぶドライバーとか、飛ぶボールとか、さかんに宣伝してますが、みんながそれを使ったら一緒やん、ということなんです（笑）。

受験シーズンに「受験生のみなさん、全員頑張ってください」というのも同じで、みんなが頑張ったらみんなのレベルが上がるだけで、合否の確率は同じにしかならない。

スピード社のレーザーレーサー（ＬＲ）という水着も、着るんやったらみんなが着るべきやと思います。選手にとっていちばんイヤなのは「自分は着ていないのに、他の人たちはみんなスピード社の水着を着てる」ということですね。

プロ野球も選手はそれぞれアレンジした自分専用のバットを持ってるし、マラソンもシューズは選手個々にかかりつけのメーカーや担当者がいますが、そういうのは本来、ぜんぶ統一すべきであって、「今シーズンのバットはこれ、このレースの靴はこれ」と決めないとアカンのです。

　ここまできたら、水泳の場合、いちばんいいのは、みんなが素っ裸でやるべきなんです。まあ、そうすると、女子の参加がグッと減るとは思いますが（笑）。

　でも、頭にキャップはつけなければいけないですねえ。素っ裸でキャップだけって変でしょうか（笑）。

　全裸がルールになると、陰毛剃るやつが出てきますね。いや、これはすでに水泳界の都市伝説として、もうみんな剃っているのかもしれません。ゲンかつぎみたいなもんで、あのとき剃ったらタイムよかったとか…。うん、これは公にはだれも言いませんが、すでにみんな剃っている可能性はありますね（笑）。

まあ、ともかく、スポーツの道具類というのは一体どこまで進歩していいものなのか、よくわからんところまできてますね。

記録が伸びることが選手の努力によるものなのか、それとも道具の進歩によるものなのか…。

　こう考えてくると、やはりスポーツはみんな裸でやったほうがいいと思います。反則とかも減るんじゃないですかね。総合格闘技の試合では、パンツの上からケツの穴に手を入れる反則（いやがらせ？）があるらしいですが、これは裸になったらもうできないでしょう。これを裸でやったら、ある種のプレイになってしまいますもんね（笑）。

え、スピード社の水着は、着たほうが裸よりも速いんですか？

う〜〜ん。でもね、これに関しては何回も言っているんですが、ボクは「コンマ何秒の争い」というものに興味がないんです。1秒、2秒差なんて、一緒やと思っているんです。ハナの差みたいなことは、どうなんやろか、と。2位に、どれだけ差をつけて1位になるかのほうに魅力を感じますね。

コンマ何秒の差というのは運の面が多いと思うんですよ。しかも、世界記録とかいっても、みんなが同じ条件で同じコースを泳いだわけでもないわけですし。別の土地の、別のコースの記録と比べるというのも変な話だと思うんです。

もしボクが選手ならスピード社の水着を着るか、ですか？

いや〜、ボクなら日本水連のジャッジ云々と関係なくスピード社の水着は着ませんね。契約しているスポンサーへの義理とかではなくて、なんかそれを着た時点で水着に負けたみたいでイヤじゃないですか。

自分の普段のままで勝ちたいじゃないですか。

この水着の問題というのは、そもそも選手にスポンサーがついてるのはどうなんや、というスポーツの根本的な問題に関わってきますね。そのツケが回ってきているということです。

〔08年7月〕

痴漢の美人局《つつもたせ》

知り合いの女性とグルになって、ある会社員を痴漢にでっちあげようとした男子学生が逮捕されました。慰謝料を脅し取ろうとしたらしいのですが、本当にヒドイ奴らだと思います！　極刑でもおかしくないと思います！

（マツウラ・東京都）


これはひどい。本当にひどい。

女のほうが、後でタレこんだから事件が表に出ましたが、おそらく、これまで表に出てないこの手の痴漢冤罪《えんざい》事件はいっぱいあると思いますよ。

映画『それでもボクはやってない』を見た時に思ったのですが、ある人が「あいつ、ハラ立つなあ」と思って、知り合いの女に（痴漢被害者の役を）頼んだら、いくらでもそいつに痴漢容疑をかけることが可能ですから。

それって、やっぱりおかしいです。今回の冤罪事件でも、最初は電鉄会社と警察は被害者役の女の言うことだけを聞いて、頭から当事者を犯人扱いしていたわけでしょ。

犯人とされてしまう男も被害者だし、こんな事件があることによって、本当に痴漢にあった女性の証言にも疑問を持たないといけなくなってしまう。

いやいや、こいつらのやったことは痴漢事件における最悪のことですよ。厳罰に処するべきです。

それにしても、痴漢事件というのは本当に難しい問題ですよね。

ある場合には、女性側の勘違いということもあるわけですよ。

女性が「痴漢にあった」と報告してきても、ケツ触られた、それは本当に手なのか、カバンの一部なのかというのは永遠にわからないですもんね。

女性が勘違いしたら、もうどうしようもないですから。本人の中では「100%、このオッサンがやった」と思ってるわけですから、これは男性側からは否定のしようがないです。

といって、痴漢とするレベルを上げて、「パンツの中に手を入れなかったらセーフ」にしたり、もう胸や尻は仕方ないとするわけにもいかないし。あのギュウギュウ詰めの中じゃ、触りたくなくても当たってしまう場合があるでしょうけど。

その反対に、世の中には本物の痴漢が信じられないくらい多くいるらしいですね。

これはラッシュアワーがいちばんの元凶なんですから、やはり出勤時間を男女でズラすべきでしょう。それか車両を完璧に分けるか。いくらプロの痴漢でもスカスカの車内では痴漢できないわけですし、女装してまでしないでしょう。ラッシュアワーの風景を見ていたらこれはアカンと思いますもん。

これは相当な暴論かもしれませんが、痴漢を判定するのは、女の側ではなく男の側でしたほうが正しい判断ができると思うんですよ。

男が、なんとなくそうなった時に、気持ちがよかったかどうか、勃起したのかどうかです。自分のことは自分がいちばんよくわかりますから、男は自分で「痴漢しました」と言うべきなんです。だから、触っていたとしてもそれは満員電車のせいで、男がまったく気持ちよく思ってなかったら女性は許してあげるとか。

あ、ただ、ＥＤの痴漢もいますから、勃起して、というのは訂正しておきましょう（笑）。いやいや、この問題は本当に難しいです。

〔08年6月〕

裁判員制度

国民が裁判に参加する「裁判員制度」の導入が近づいています。ボクはすごくいいことだと思います。だって、裁判官の判決って、国民の意識とかけ離れたものが多いと思うんです。

（ヤマちゃん・東京都）

みなさん、知ってました？　ボク、「無期懲役」って「終身刑」（死ぬまで刑務所の中にいる刑）だと思っていたんですよ。でも、全然違うんですよね。たいていが20年以内くらいで、模範囚だと10年くらいで出てこられることもあるんですって。

無期って、永遠じゃなくて、ただ「期限が決定していない」という意味なんですね。

ボク、思うんですけど、裁判所が死刑か無期懲役かで悩んで、きちっとした判決が下せないような時は、「島流しの刑」を復活させるというのはどうでしょうか。

凶悪犯が刑務所の中でのうのうと暮らしているかと思うと、なんか納得できないんですよね。ホントに自給自足で、毎日苦労しながら生きるべきだと思うんですよ。

まあ、今だったら、どこの島に流すのかが問題ですが。

人の住んでいる島ではなく、テレ朝の番組でよゐこが行ってるみたいな、狭い無人島がいいでしょう。人が住んでいない小さな無人島なら、日本近海にもたくさんありますよね。島では自由でいいと思います。その代わり、自給自足。囚人同士のいざこざや抗争も関知せず。それも含めて刑ですから。脱走して本土に泳いでこようとしたら死刑にする。

刑務所も定員オーバーでいっぱいやというし、ここは島流しという原点に立ち返ったほうがいいです。

いろんな意味で大岡裁きっぽいですね。一石何鳥でもある。

だって、国民みんなが、判決のニュースを聞いて「それは甘い」と思うわけですから。

それとも、そう思う国民も仮に裁判官になったら、その途端に「甘く」なるものなんでしょうか…。

国民が裁判に参加するという裁判員制度を導入するのもいいですが、国民投票にするのはどうでしょうか。有効投票数の何%を超えたら死刑とかね。光市母子殺害事件に関してなら、ボクは忙しくても、わざわざ一票を入れに行きますよ。

裁判官はおそらく、自分ひとりが死刑を決めたということに責任を感じるのでしょう。そしたら、その重みをみんなで分け合えばいいんです。

でも、裁判員制度も、まったく問題がないわけではないですよね。

ボクらみたいなタレントでも、裁判員に選ばれることがあるんですか? それはどうなんでしょうか。だって、裁判で面通ししたら、犯人は絶対ボクに気づきますよね。ボクじゃなくても、例えばですけど、五木ひろしさんがいたら、「うわー、五木ひろしやー」と絶対気づきますよ。

その刑を受けた人間が出所してから、「五木ひろしはどこやー」となりませんかね。

裁判員制度をするなら、顔が知られているタレントなどの有名人は除外しないとヤバいでしょう。そこまで国は考えてくれているのでしょうか。

裁判では、犯人と顔を合わさなくてすむのかな? でも、たとえ衝立《ついたて》で姿を隠しても、質疑応答で「あ、この声、五木ひろしや」となりませんか？　横浜での事件だったら、ヨコハマ〜とイントネーションできっとバレますって（笑）。

もし、乱数表みたいなのでボクが選ばれた時は、他の裁判員もタレントで統一してほしいですね。しかも、ボクと同じくらいに顔の知られたタレントで。たとえに出して悪いですけど、よしもとのアキ（バイキング）やおにぎりと並べられても、絶対に犯人は「松本がオレを無期懲役にした」って思いますから（笑）。

〔08年6月〕

ガソリン税

このガソリン価格高騰のなか、いまだに高い高い税金がガソリンにはかかっています。また、道路にしか使わないような言い方で税金を取っておいて、マッサージチェアを買ったり、旅行に行ったり…。もう、メチャクチャチャ！　（西田拳・東京都）

ガソリン税の暫定税率を維持するとかしないとか、正直どちらでもいいです。ただ、ボクが重要だと思うのは、こういう国の根本にかかわる問題が政党間の争点になってはダメだということです。

この党の政権になると、この税がなくなりますというのは、「ウチのほうが破格の値段でっせ」というスーパーの特売競争と同じですから。

税というのは本来、国のために必要なもので、政党ではなく国がきっちり統一しないといけないいんです。消費税が5％であろうと、10％、15％になろうと、本来、意見が一致すべきものでしょう。

無駄遣いをなくした上で、国の予算で絶対に必要な金額というのはあるわけですから、おのずと適正な税率というのも出てくるはずです。

それを、「ウチが当選した暁《あかつき》には消費税を何％にします！」というのは、なんかおかしいです。

内閣支持率や選挙など目先のことにとらわれすぎているから、今、日本がどんどんダメになっていっている。

例えばですけど、ガソリン税は値上げしたほうが車が少なくなって排気ガスが減り、地球環境の上でもいいというのならば、反対があっても値上げすればいいんです。環境が悪くなって困るのは国民自身なのですから、そのあたりをちゃんと説得するのが政治というものでしょう。

国がラクに税金を集めるために値上げするというのは最悪ですが。税率などの、こういう国の大本の数字は統一しないとダメです。

〔08年4月〕

禁煙タクシー

全国的に「禁煙タクシー」の導入が進んでいます。レストランや路上での喫煙が制限されている今日、どうしてタクシーの中まで禁煙にしないといけないのでしょうか!?

（タオル井上・東京都）


タクシーの運転手さんが最近ものすごくタバコのポイ捨てをしてますね。あれはタクシーが全面禁煙になったからでしょう。彼らは吸殻さえ（車内に）なければバレないと思っているようですが、乗ったら（空気の微妙な汚れと臭いで）「あ、今、運転手さん、タバコ吸ってましたね」とわかりますから（笑）。

対向車線のタクシーがタバコをポイ捨てすると、Uターンして追いかけて叱り飛ばしたくなります。まあ、運転手は「やってないよー」と言うでしょうけどね。

エエ年をしたオッサンが平気で道にタバコを投げ捨てていますね。それにはびっくりします。後ろを走っている時なんか、タバコがフロントガラスにあたりそうになって危なかったですよ。

なんで、ちょっとの間だけでもガマンできないのでしょうか。浜田もロケバスで、ほんの短い移動の時にも吸いますからね。「このくらいガマンせーよ」と言うと、「おまえも（昔は）吸ってたやんか」と応酬してくるんです。

そういえば、ボクの周りで禁煙していた人たちが、最近、なぜかまた喫煙に戻りつつあるんです。

（雨上がり決死隊の）宮迫は、この前、とうとう敗北宣言をしましたね。

ずっとネオシーダーで我慢してたのですが、ずっと吸っているので、「それは（本当のタバコを）吸ってるのと同じやん」と言ってやりました。

山崎（邦正）も酒飲んだりする時に、吸いますね。

浜田も一時期やめていたのですが、今は普通に吸ってます。

（ココリコの）遠藤も最近、独り身になったからか、タバコを吸う姿を見かけるようになりました（笑）。

（ココリコの）田中も吸いますね。

日本人に禁煙は無理なんすかね。ストレス社会というか、イライラすることが多い人種ですからねえ。

一時は、欧米への憧れがあって、禁煙がファッションとして定着しかけたんですが、ただの憧れだった分、続かないんですよね。

何年か前より、タバコを吸う人の数が確実に戻ってきてます。

ボクみたいに、やめると言ったら絶対にやめる鉄の意志を持った人間は本当に少ないですね（笑）。

〔08年5月〕

「おバカ」タレント

テレビ番組『クイズ！ヘキサゴンⅡ』から生まれた男性アイドルグループ「羞恥心」が大人気です。でも、ボクはここ最近のブームである、無知なることをウリにすることになんだか違和感を覚えるのです。
（シロカミ・秋田県）

羞恥心は、『ＨＥＹ！ＨＥＹ！ＨＥＹ！』のスペシャルに出てくれたんです。彼らは一生懸命に頑張ってると思いましたよ。

まあ、でも、最近のおバカキャラが人気を得ている状況というのは、視聴者による「タレントのペット化」の最たるものではないかと思いますね。

視聴者は、自分より賢いタレントには興味がないというか、昔の銀幕スターに憧れたようなタレントの神格化は、もうないですね。タレントがプライベートを見せすぎるのもよくないと思いますが、それを求めてるのは視聴者ですし…。

ファンの気持ちが、「応援したい」から「応援してあげてる」に比重が移っている気がします。タレントへの目線が憧れとかじゃなくて、飼っているペットを見るような目線なんです。

最近はタレントも逆に、そっちのほうを狙ったりしますもんね。

おバカキャラのなかには、ほんとは「バカなフリをしているだけ」という人もおそらくいるでしょう。

ボクが東京に来た頃、クイズ番組にもたまに出演しましたが、他のタレントたちがクイズに真剣に答えていることが不思議でなりませんでした。

ボクは、クイズ番組は「大喜利」だと思っていたので、いかにおもしろい答えを返すかだけを考えてました。

今、それをやるとKYとか言われるんでしょう（笑）。真剣に答えているのにバカな答え、というのがウケているわけですから。

テレビはクイズ番組だらけになりましたが、これはテレビ業界の景気の悪さを象徴してますね。

セット一発あればすぐにできるし、時間も読みやすい。編集も簡単にすむ。

トーク番組ではね、ゲストがおバカな発言をすると、いくらおもしろくても事務所サイドからNGが出たりするんです（編集でカットされる）。でもクイズ番組だと、さすがに事務所もNGとは言えない。だから編集作業が事務所を気にせずできる。

また、（教養番組っぽいから）スポンサーもつきやすい。視聴率もそこそこ取れる。

ボクは、クイズ番組というのは、やるのも出るのも見るのも嫌いなので、あるだけで不愉快なんです（笑）。

でも、もう、しょうがないですね。

ひとつ言わせてもらえるなら、せめて個性のあるクイズ番組をやってほしい。

「そこまで言うなら、おまえが個性的なクイズ番組をつくってみろ」と言われても、ボクは本当にクイズに興味がないので断ります（笑）。

本当になんでもかんでもクイズ番組になってますよね。例えばですけど、TBSの『世界ウルルン滞在記』なんか、なんでクイズ形式にしてたのかがわからない。フツーに旅番組としたほうが全然いいのに、なぜかクイズ形式にしてましたね。まあ、それに気づいてなのかはわかりませんが、最近はクイズをもう出していないようですが。

ボクは、子供の頃からクイズ番組は嫌いでしたねえ。親はクイズ番組が大好きでしたけど（笑）。あれだけ人気のあった『アップダウンクイズ』も、『なるほど！ザ・ワールド』も、『世界まるごとHOWマッチ』も、『クイズダービー』も、見ませんでした。

ボクは「知識がある人」＝「頭がいい人」とは思っていないんです。もの知りの人は、知識があるというだけでおそらく安心できて「オレは賢い」と思っているのでしょうが、ボクは答えのないことを見つけ出す人のほうが偉いし賢いと思ってますから。

この時代、必要な知識はネットで調べたらいいじゃないですか（笑）。

クイズ番組の楽しみというのはコンプレックスの裏返しだと思います。「えー、これ知らんの？」とか「へえー、そうやったんか」と、家族や友人で言い合える。知ってたら威張れるし、知らなかったらくやしいから、そこで覚えますし。

でも、ボクは（クイズの答えを）知ってても威張らないし、知らなくてもまったくくやしいとは思わないですから。

クイズ番組を楽しむ根本がボクにはないんです（笑）。

〔08年6月〕

アメリカ大統領選

ヒラリーか？　オバマか？　アメリカ大統領選の民主党指名争い…一体あれって
ナニやってるんですか？
（ナンちゃん・北海道）

いや〜、アメリカの大統領選にはまったく関心がありませんねえ。

ボクは、アメリカの大統領選挙なんか日本人には選挙権がないんだから報道するな、とずっと思ってます。

11月の本選で決まってからでいい。結果だけ知らせてくれ。そんなことにニュースの時間を割《さ》かずに、日本で起きた事件を教えてくれと思います。

NHKなんかこの前、アメリカ大統領選挙の特集番組をやってましたからね。日本人のほうが田舎に住むアメリカ人より、選挙情報についてきっと詳しいですよ（笑）。

誰と誰が争っていようが、誰が選ばれようが、知らんっちゅうねん。おかしいですよ、この国は。他の国は、こんなにアメリカ大統領選挙の報道をやってないと思います。中国・韓国はまったくやってないでしょう。欧州もここまではやってないでしょう。もったいないです。ニュースの時間が。

自民党総裁選の麻生vs福田の時よりも詳しくやってるんじゃないんですか。これが11月まで続くかと思うと気が遠くなります。日本には、よほどほかのニュースがないんでしょうか。

これだけ流してもこの報道がなくならないということは、（ニュースの）毎分視聴率がそんなに下がってないということですね。めでたい国ですねえ。

もう一度言いますが、日本人は選挙権ないんですよ。おかしいでしょ？〔08年5月〕

倖田來未のラジオ発言

倖田來未の発言についてですが、あれは女性ファンの多かった彼女にとって本当に痛い発言だったと思います。

（マツシッタ・大阪府）

この件に関しては、ボクは全然（彼女が悪かったという意味での）問題はないと思いますよ。タレントは、（ラジオで）しゃべるのが仕事なわけやし、まして生放送でもないし。

だから、しゃべったことに関して、タレント本人が後日、直接謝ったり、ペナルティを負うようではいけないと思います。

そんなことがあると、（ラジオでもテレビのトークでも）それを気にしてしゃべらなければアカンし、（勢いに乗って）しゃべられないでしょう。

あの件に関しては編集する側の問題なんです。（ラジオで収録後にする）編集については、基本的にはタレントは口出しできないんです。

正直言って、タレントサイドからは「あそこは使ってほしかったのに切られてしまった」と感じる時もあるんです。それじゃ、その切られてしまったことについて文句を言うかというと、言わないんです。

ディレクターのセンスでカットされることもある。それは悔しいけど、基本的にラジオの編集はディレクターに任しているから仕方がない。

ということは、なにかあった時にもディレクターが全責任をとってくれないと。今回のようにタレントが謝罪すること自体、ラジオ番組としてはおかしいんです。

悪く言えばディレクターがタレントをつぶしてやろうと思えば、つぶせることになってしまうんです。問題発言をピックアップして放送すればいいんですから。

吉本のある先輩も、昔、一回あったそうですよ。ロケ収録が終わって「これは誰が聞いても問題あるから、絶対にオンエアはされないだろう」と思ったから、あえてスタッフに「ここは使わないでね」と言わなかったんですって。すると、なんと、そこがそのままオンエアされてしまった…。もう、後処理が大変だったそうですよ。

それだけ力があるのだから、ディレクターはもっと真剣に慎重に編集すべきだったんです。

あの時、倖田來未はどうしたらよかったのか？

もう、こうなってしまったらジタバタしても仕方ないですね。時が解決するまでほっておくしかないでしょう。

でもねえ、こうならない方法論はいくつもあったし、普通、こんなにひどくはならないものなんですけどね。

車の接触事故と同じで、先に謝ったほうが負けでしたね。ちょっと文句言ったら「あ、向こうが先に謝ってきた」みたいな…。

いちばんいいのは、ニッポン放送のディレクターがまず出てきて、タレントさんには一切非がないと宣言することでした。

「深夜放送のノリで、気の合う仲間同士の雑談している感じのしゃべりを、われわれは倖田來未さんにお願いしたんです。そのオフレコの部分を間違ってオンエアしてしまいました。申し訳ありませんでした…」と正式に記者会見すべきでした。

そして、それで一件落着にもっていく努力をニッポン放送はすべきだったんです。今となっては後の祭りですが。

あとね、あの問題発言を報じたマスコミ（女性週刊誌やスポーツ紙やテレビのワイドショー）もおかしいですよ。

倖田來未の発言した内容が人々を傷つけるものであるのなら、それ（そのフレーズ）をまた連呼してはいけないでしょう。

すべて「倖田來未発言」という表現でいいはずなのに、記事の見出しや番組のタイトルには、彼女がしゃべった問題発言が堂々と一文字残らず掲載されている。

これって矛盾してませんか？　もしそのフレーズが人を傷つけるものなら、なんで、あんたたちが広げるのか。

抗議する人たちも、同じフレーズを連呼するテレビやスポーツ紙や女性週刊誌にもあらためて抗議しなければ本当はおかしいんです。

なんか、（マスコミは正義ぶってるけど、平気で同じフレーズを連呼して）みんな、おもしろがっているだけじゃないの？　と勘繰ってしまいます。

さかのぼると、沢尻エリカあたりから、世間の『Sっ気』に火がつきましたね。誰かを攻撃すると、攻撃された本人が涙ながらに謝罪会見をする。それにゾクゾクして「これ、気持ちえぇなあ」とみんなが思い始めた。今は次のターゲットは誰にしようか、誰を縛って、（こらしめて）ヒーヒー言わせたろか、みたいな風潮になっている。

（一般大衆的には）政治家とか企業トップの不祥事をいたぶる「偉い人コース」もいいけど、やっぱりバッシングするなら、亀田三兄弟、朝青龍らがいる「タレントコース」がなんといってもいちばんコーフンするなあ、と。

世間は、「タレントコース」の号泣会見に味をしめちゃったんですねえ。

究極の悪趣味ですよ、これは。

〔08年4月〕

チベット問題

北京五輪の聖火リレーで、各地で反対運動や暴動が起きました。ここまで反対される五輪ってどうなの?
（マッシン・群馬県）

詳しいことはよくわからないんですが、北京五輪は（チベット問題への政府の対応に抗議する人たちが言うように）なくなっちゃえばいいんじゃないですか。そうです、中止にすればいいんです。

（叱られるかもしれませんが、中国は）まだそんなことができる国になっていないんです。海外の有力マラソンランナーは、大気汚染がひどいという理由で出場を取りやめたそうじゃないですか。

また、たくさんの国の選手団が、直前まで時差の少ない日本にいて、本番直前に北京へ行くと言ってるそうじゃないですか。

だったらもう、オリンピックは日本でやったらいいんです。やりたがっている東京で今年の夏にやればいいじゃないですか（笑）。これは、土曜の朝のある番組で、東京のタレントが大勢、新幹線で大阪へ行って、生放送しているのと似てますね。それなら東京で収録したらええやん、ということです（笑）。

中国は、「道にツバを吐くのはやめましょう」とか「バスを待つのに横入りはやめましょう」とか、いまだにそんな基本的なことを教育している国なんですよ。

そんなことをやっている国で、マラソンの1位、2位が（厳正に）決められるのか、ということです。

だったら、（お国柄で？）マラソンもスッと横入りしたらいいじゃないですか（笑）。

オリンピック開催まで、まだひと波乱もふた波乱もありそうですね。

〔08年6月〕

よしもと東京本社、小学校へ

よしもとの東京本社が、新宿・歌舞伎町にある小学校跡に移転したとのニュースを見ました。松本さんは、この小学校本社にもう行かれましたか？

（Nプロ・埼玉県）


新宿にできた新しい吉本の東京本社へ行ってきましたが、震度4くらいの地震でヤバいんじゃないでしょうか。

10億くらい改築や改装にかけたと言ってましたが、どこに？　という印象でした。（すきま風がひどいので）冬は耐えられないんじゃないでしょうか（笑）。暖房費が半端じゃないと思います。

ボクが行ったのは春になってからですが、それでもちょっと寒かったです。

夏も冬もおそらくエアコンは効かないでしょう。

小学校というのは、基本、夜は人がいないという前提で作られてますし、昨今のマンションのような気密性はない。

まして子供は体温が高いので寒さを感じない。あいつら半ズボンですから。

吉本の社長や社員は半ズボンでは過ごせないでしょう（笑）。

〔08年6月〕

硫化水素

松本さんがラジオ『放送室』で語られた発言が話題になりました。自殺してはダメだというくだりの話の中での、「自殺するのはアホ」という発言だけを切り取って報道していました。こんな報道の仕方はヒドイと思います！（モリヤマ・東京都）

この件についてはラジオでも語りましたし、この期《ご》に及んでなにが言えるかな〜…。ま、（夕刊紙やネットは）ラジオで何分間にわたってしゃべったことの、特別ショッキングな言葉を取り出して無理やり問題発言にしようとしたけど、問題発言とするには無理がありすぎたという感じでしたね。

でも、発言に対するこういう取り上げられ方って、今後もあるんやろなあ。

今回の発言は問題発言じゃないですけど、タレントは問題発言したっていいじゃないかという考えです。

タレントが発言する時は、ある種のインパクトが必要で、話題にならないとおもしろくないわけで、問題発言があるからこそ、それをきっかけにみんながいろいろな議論を交わせる。それでいいんじゃないでしょうか。ボクがアイドルだったり政治家だったら、もう少し言葉を選ぶ必要はあると思いますが。

これまでのボクの発言で問題発言というのは、ありそうで意外にないんです。

今回は無理やり作られたなあ。

今回の件に関しては、そこだけ切り取って問題発言にするなよという思いと、でも、そこだけ切り取ったとしても問題発言になっていないぞという思いがありますね。

「自殺するのはアホ」と言わないと、自殺がなくならないし、やはり誰かが言わないといけない。

いじめられっ子が、「死んだら、みんなが味方になってくれるかも…」と誤解して自殺するようなことを、誰かが発言して止めないと。いじめられてつらくても絶対に死んではダメなんです。

今の報道では自殺を助長するだけやということを、みんながわからないといけない。

今回の硫化水素自殺は本人だけでなく周囲も巻き込みますから、死に方としても最悪だと思います。

その最悪の死に方をニュースを見てまた真似するヤツが続出するのが許せないんです。「自殺するのは絶対ダメ」という意味の「自殺するのはアホ」という発言。これのどこが問題発言なのでしょうか??

〔08年7月〕

消費税17%

経済財政諮問会議がはじき出した計算によると、将来的に社会保障給付金を消費税でまかなう場合、最悪17%も必要になるそうです。それはないでしょう!

(パーパッタ・千葉県)

ただでさえ、カップラーメン、お菓子など生活に身近なものがかたっぱしから値上げされているのに、その上、消費税まで上がるんですか〜。え〜〜〜、消費税が7、8、10%と上がっていく?

最大17%？　それはすごいなー。いきなりはないでしょうけど、びっくりの計算ですね。例えば、1億円のマンション買ったら、今なら消費税500万円やけど、17%になったら1700万円。1200万円も高くなるんですかー。

いっそ、「消費税」という言い方をやめてほしいですねえ。

そして、できれば内税にしてほしいです。

テレビをみんなはタダ（無料）で見てると思ってますが、実は、CMの料金分が商品に上乗せされているわけですから、結果、払ってるわけです。

でも、（庶民は）これには怒りを覚えないじゃないですか。

国民的には何%というのはわからないほうがいいんです。本当に必要なら、逆にうまくダマして取ってほしいかなあ。ハッキリさせられると無性にハラが立ってくるんで。

「消費税」という名称もイメージが悪いというか、よくわからないです。

すっきりと目的税にして、名前を「お年寄りを大切にする税」とか「老人介護税」とかにしてほしい。

それなら払わざるをえないというか、今よりはすっきりと払える気がします。

今は「（役人が無駄に）消費（する）税」ですよ。5%でもムカつきます。〔07年11月〕

ミヤケ巡査

線路内に入ってしまった女性を助けようとして殉職された宮本巡査。宮本さんの勇気に全国民が感動しました。しかし、安倍総理（当時）。弔問に訪れ、ずっと「ミヤケさん」と名前を間違えてました。なんなのでしょうか？　（ヤマジ・三重県）

安倍総理が「ミヤケさん」と名前を間違えたんですか？

それまた最悪やなー。人の名前を間違えるということが即、心を痛めていないということではないでしょうけど、まあ、最悪ですねえ。

足元がぐらついているんですね。普通、総理はそういったところに出向かないじゃないですか。

本当のところはわからないですけど、ポイント稼ぎに行ったと思われてしまいますね。安倍総理もかわいそうっちゃかわいそうです。これといったミスもないのに、支持率はどんどん下がっていきますしね。

揚げ足をとり合うような論戦は意味ないですよ。国会ではもっと前向きな議論をすべきです。

こういう、「ひとつのミスで全部をダメとしてしまえ」クレームは、番組内容に対してもよくあるんです。

それを気にし始めると、だんだん「アクションを起こすよりは、起こさんほうがええぞ」となって、番組がどんどん衰退していくんです。

政治家も減点法はやめないといけません。プラスで評価されるべきです。「ここで10点稼ごう」と政策で頑張るほうがいいじゃないですか。

それなのに民主党とかは、敵失で向こう（自民党）が20点減った、だからこっちがプラス20点と考えてますもんね。

こんな考え方は不健全きわまりないです。

〔07年4月〕

守屋前防衛省事務次官とその妻

ゴルフに食事にお祝い金、そして、奥さんまでもがバッグや食事を要求していたという守屋夫妻。まさに接待まみれで、最悪の夫婦だと思います。

（垂中将・神奈川県）

去年、ニュースで連日報道されてましたね。接待ゴルフ云々を含め、なんだか茶番な印象を受けました。証人喚問もはっきりしなかったですね。

もちろん、守屋氏本人が悪いとは思いますが、本当の問題は「もし、この人の立場（防衛事務次官）に読者のみなさんがなったとしたら、同じことを絶対しなかったと言い切れるかどうか」というところにあると思うんです。

何人の人が接待側の誘惑に負けないでいられるか。

まあ、ボクは、（どんなに誘惑を受けても）絶対にやらないですけどね。ゴルフは嫌いですから（笑）。そういう問題じゃないですね。

利権を得ようと近づいてくる人は、いろんな手を使って誘惑してきますよ。防衛省はやはり、ひとりの人間だけで（兵器の機種選定などを）決められないようなシステムを作っておかなければいけなかったんですよ。

今回の疑獄事件は、守屋氏本人がひとりでいろんなことを決めることが可能だった…というところに原因があるわけですから。

でも、この問題はもっと根深い面もあると思いますね。もしかしたら守屋氏はそんなにカネは欲しくなかったのかもしれない。

接待側（それが日本の一企業なのか、バックにアメリカの軍需産業のようなもっと大きな存在があるのかはわかりませんが…）から、お金（賄賂）を断れない状況にもっていかれた可能性もあります。「お前、この賄賂を受け取らないと事務次官の立場にいられなくするぞ」みたいな…。

今回はたまたま発覚しましたが、なかなか表に出てこない巧妙で構造的なシステムがあるとするならば、その解明が先決だと思いますよ。

ま、（ロッキード事件しかり、で）今回は、（悪いことが発覚したのは）たまたま守屋氏であったということです。

アメリカとの関係を見直す時期にきているんですよ。（イラク支援の）給油問題はどうすべきだと思うか？

ボクはもともと給油はしなくてもいいと思っていますから。ボクは、さかのぼって日本はもう一度、江戸時代のように鎖国してもいいと考えている「鎖国派」ですから（笑）。

〔08年1月〕

イージス艦衝突事故

イージス艦が漁船に衝突し、漁師のふたりが行方不明になった事故ですが、防衛省の対応のまずさに腹が立ってます！

（インテック・群馬県）


この事故では、当初からすごくバカな発言をした人がいましたね。「救命胴衣をつけていないから、おそらくもう生きてないでしょう」みたいな。

あるニュースでは速報の時点でご家族のことを遺族と言ったり。

あの～、この事故に限ったことではないのですが、子供みたいな幼稚なことを、今あえて言ってもいいですか？

特に日本がそうなんですが、事故や不祥事のたびに、なんで必ず上の人が出てきて謝るのでしょうか？　なぜ当事者は出てこないのでしょうか？

被害者の家に謝罪に行って罵倒《ばとう》されるのは、いつも社長とかトップクラスの人ばかりですよね。

でも、上の人は（広い意味での監督不行き届きかもしれないけど）、直接は悪くはないですから。

「申し訳ないです」と平謝りしますが、心の中では絶対に「でも、オレ、知らんやん」と思っているはずです。ボクがその立場でもそう思いますって。

イージス艦の事故でも、当事者の見張り隊員の顔写真ひとつ出てこない。艦長の名前が出てきたのも、けっこう後になってからですから。

なのに、防衛大臣の責任問題ばかりが先行する。

大臣の監督不行き届きのほうがわかりやすいけど、上ばかりが責任をとる方向で話が進んで、当事者が今なにをしてるのか一切わからない。

沖縄の米兵問題でも同じでしょ。上が必死に謝っている。でも、事件を起こした米兵は誰で、どんな顔で、今なにをしているのか。

国民は「そいつが出てきて謝れ」と思っていますよ。どんな感じで反省しているのか顔を見てみたい。

イージス艦の船渡艦長は（あの当時）仮眠していたから、迂闊《うかつ》なことをしゃべらせないようにかくまっているんですか。

権力には派閥というか、対抗する組織が複数あるものだから、部下の失敗はその上司の責任というふうに決めて、足をひっぱり合うのが日本の伝統なんでしょうか。

イージス艦事件の（被害者の）親戚の人もめっちゃ怒ってましたよね。石破大臣に対して「どうしてこんなことになったのか！　ちゃんとしてくれ！」と。

でも、それは正直、あの人に言うしかないから言ってるだけで、本心では「この人がイージス艦に乗ってたわけやないし、艦長でもないし…」と心でわかっているはずなんです。

監督不行き届きといったって、自衛隊全体で何人いるんですか。それぞれに手取り足取り大臣が教えられるわけもない。

倖田來未問題と真逆ですね。当事者を責めずに、会社とか組織の長だけを責める。警察の不祥事でもトップだけが出てくる。不思議な日本の構図です。しかし、イージス艦も漁船ひとつをちゃんと避けきれないなんて大問題ですよね。敵の機雷も避けきれないということですから。こんなんじゃ、国は守れないと思います。

〔08年4月〕

赤ちゃんポストに3歳児

賛否両論のあるなか、熊本市のある病院に「赤ちゃんポスト」が設置されましたね。で、運用初日に、なんと赤ちゃんではなく、3歳児が入れられたとのニュースが…。これって、どうなんでしょうか？　ダメですよね。（ポロロ・三重県）

これからも、そういう意図しないケースはどんどん増えるんじゃないですかねえ。

赤ん坊と幼児の線引きをどこにしているのか？　年齢制限に意味があるのか？　例えばですけど、2歳11ヵ月はよくて3歳はダメ、という理屈は通らないでしょう。

また、家で虐待を受けている小学生が自らポストに入るなんてこともあるでしょうね。

そんな子を赤ちゃんじゃないからと拒否することはできないと思います。

もっと突き詰めていくと、それじゃホームレスのオッサンはどうなのか。

命は命ですからね。

外は寒いしハラは減った…、そんなオッサンは入りたくなるでしょう。

その場合、「オッサンは出ていけ」とは、人道的にどうやねん、と思いますね。

そもそもオッサンがポストに入れるのかって？　いやいやいや、意外と小柄な（ポストにぎりぎり入れる）オッサンっていますって。仮に入れなくても外からポストに顔だけでも突っ込まれたら対応せざるをえないでしょう。

何歳ならいいのか？　年齢で区切るのは本当に難しいですよ。老人がポストに入れられる場合もありますよ。老人はダメなら、じゃ、60歳以上は死んでもええんかい、となります。

じゃ、ペットを入れられたらどうするんでしょう？

…ね、これって難しい問題でしょ。

この件の場合、初日から3歳児を入れたということは、父親はずっと（そのオープン日を）待ってたんでしょうしねー。

その後は、（病院側で）発表しないということになったので実情はわかりませんが、この問題は、病院だけじゃなく、警察や役所など地域全体で対応するしかないんじゃないですかねえ。最近は介護問題も多くなっていますから、そのうちポストに入れられるおじいちゃんやおばあちゃんがめっちゃ増えると思いますよ。

〔07年7月〕

ドM安倍首相

安倍首相が夫人とともに飛行機から降りてくる時に、なんと手をつないでるじゃないですか！　正直、悪寒が走りました。安倍夫妻って、どうなんでしょうか？

（マエノ白石・東京都）

小泉さんが首相の時、この人はドSやなー、と思ってましたが、今回の安倍さんは、けっこうドMな気がして仕方ないですね。

ドMの匂い、プンプンしません？

タカ派的な言動はきっとM性の裏返しだと思います。ドMで名を馳せるボクも、どっちかと言えばタカ派ですから（笑）。

初めての外遊の時、安倍さんは夫人と手をつないで降りてきましたけど、明らかに首相が夫人に「手をつながれてる」感じでしたから。

う〜ん、Mっぽい（笑）。

日本の首相としては、Sがいいのか、Mがいいのか？

これはむずかしい問題ですよ。どこの国を相手にするのかで違ってくるし…。小泉さんはSですが、アメリカを前にすると弱くなったでしょ。これはSの特徴ですよ。

みんな、Sのほうがイケイケやと思ってるでしょ。ところが、Sのほうが長いものに巻かれるし、イザとなったらダメです。

権力にもからっきし弱いです。

逆に、Mのほうが戦おうとしますね。困難に立ち向かう時に、持ち前の「M性」がなんともいえない興奮をもたらすのでしょう（笑）。

最近ね、ボクの影響でしょうけど、バラエティー番組のあちこちで「ドS」「ドM」という言葉が使われまくってますねー。使われすぎて、もうすでに市民権を得てしまいました。

「ドS」「ドM」はボクのつくった言葉ですから！　気軽に「ド○」という言い方を使ってほしくないですね。だってみんな、「ドS」がなんたるか、「ドM」がなんたるかを全然わかってないですもん。

「私はドMだから、彼氏はドSがいいの」とか平気で言いますから。そんな単純な問題じゃないんですよ（怒）。

Sの対極にMがあるように思ってるでしょ？　全然違いますね。Sはね、Mの「内」にあるんですよ。SはMの一部です。

それをSはわかってない。

MはSの浅い幼稚な発想は理解できるんですけど、SにはMの深い気持ちなんかわからないんです。

例えるなら、ハンバーグ（M）とスパゲティ（S）の関係みたいなもんです。ハンバーグの横にちょっとスパゲティがついたりすることはあるけど、スパゲティの横に小さなハンバーグはつかないやろ、ということなんです。

Sは所詮、Mに呑まれてるんです。

性格を決める要素としては、あとはこれに血液型とかも入ってくるのでややこしいんですが…。

ともかく、最強のドMはドSでもあるんです。超悪魔は天使で、超天使は悪魔ですから。表裏一体であることは確かです。

え？　よくわからない？

まあ、「ドS論」「ドM論」は本当に奥が深いんです。これだけで一冊の本ができますから。じゃ、今度ゆっくり『週刊プレイボーイ』で語り下ろしの本でもつくりましょうか（笑）。〔06年12月〕

辞めない首相

参議院選挙（2007年7月）で、自民党は大敗北を喫しました。大敗後も居座ろうとする安倍首相って、なんなんでしょうか？（タイガーP・岐阜県）

自民党の大敗、まあ、これはある程度、予想どおりではありますけどねえ。年金の問題は、許されることではないですから。国が国なら大暴動ですよ。よくみんな、これくらいで我慢してるというか…。

国家として、考えられないことですから、こういう結果も招くでしょう。

で、安倍さんはなぜ辞めないんでしょうか？

ボクの性格上、考えられないです。

辞めろ、と言われたらボクはもうプライドが許さないですね。アパートに住んでて、大家に出ていけと言われても粘るようなもので、ボクなんか逆に、一刻も早くめっちゃ出ていきたくなりますけどねえ。

自分は求められてへんのか、とわかった途端、いてもたってもいられなくなります。番組でもそうですよ。終わるんなら、終わるんでいいんです。

それなのに安倍さんは、これだけみんなに求められていないのに続けられるのが不思議です。どういうプライド・意識を持っているのか理解しづらいなー。

それにしても、小泉さんって、本当に運がいいですよね。去年、占いかなにかで「来年は政治の世界が荒れる」と言われて辞める決意をしたなんて噂もありましたけど、小泉さん、大正解でしたね。

そういう意味では（貧乏クジ的な部分があって）安倍さんもかわいそうっちゃあ、かわいそうなんですけどね。

赤城元農水相の問題（事務所費・バンソウコウ）もありましたしね。彼について、どう思うか、ですか？

う〜〜ん、やっぱりあのバンソウコウはあやしかったですね〜（笑）。

最終的には病名（毛包炎）とか言ってましたけど、最初の誤魔化し方は普通じゃない感じを受けました。

なかなか真実を言えない雰囲気（暴漢に襲われた、夫婦喧嘩など？）がプンプンしてましたね。

小さな傷だから、思い余っての自殺未遂とかじゃなさそうです。

ボクの知り合いで、夫婦喧嘩して顔にくっきりと3本ライン引かれたヤツがいましたが…。なんちゅーベタな夫婦喧嘩やねん（笑）。バンソウコウといえば、ボクも10年以上前、ホッペがポコ〜っと腫《は》れたことがありました。

レントゲン撮って血液検査もしたけれど、とうとう原因がわからなかったです。自覚症状はないんです。痛くも、なんともない。でも、腫れている。

なにもつけていないと「腫れている」と言われるので、ボクはバンソウコウでなく、サロンパスを貼って仕事してましたね（笑）。サロンパスを貼ると、腫れてるのはわかりにくいんです。1週間くらい、顔にサロンパス貼って仕事してましたよ。

今思い出すと、ボクの時も喧嘩かなんかや、と思われるのがイヤでしたね。ということは、赤城元農水相も喧嘩とかじゃなかったんでしょうか。じゃ、なんで不精ヒゲのまま会見に出てきたのでしょうね。しかも「なんでもないです」の一点張りで。やっぱり、あやしいな～（笑）
〔07年9月〕

逃げた首相

安倍首相の無責任な辞め方はなんなんですか。人（内閣）集めて、プロジェクト（所信演説）動かし始めて、その次の日に「辞～めた！」って……。本当に最悪です。
（東潟辰・鳥取県）

安倍さん、ものすごいタイミングで辞めましたね～（笑）。ボクねえー、後で（与謝野前官房長官が会見で流した）体調うんぬんかんぬんの理由は、半分ウソだと思っているんです。

周りから「辞めろ、辞めろ」と言われるし、まあ、自分は若いから次もあるし、潔く辞めると言ったら自分の株が上がるかナ～と思って言ったのに、今度は、「このタイミングかいっ！」と怒られる。

安倍さんにしてみれば、「え～～、だって辞めろってみんな言ってたじゃ～～ん」と思ったんじゃないでしょうか（笑）。

それで仕方がないので、「体調不安説」に切り換えたんじゃないかと思ってます。

本当に体調不安なら1週間くらい入院して（首相代理を立てて）、戻ってきたらいい話で、どうも、おかしいなァ…。

で、次の首相ですが、もうね、ボク思うんですけど、首相は「体格」だけで決めてみればどうでしょうか。

どうせ誰がやっても変わらないので、身長2mぐらいある、ガッチリした圧迫感のある人を選ぶんですよ。

（当人は）アホでもいいから、周りがサポートして、対外国人に対してヒケをとらないどころか、体格で勝る政治家がいい…。意外とそんなほうが（どうせ話は通訳を通すわけだから）外交はうまくいくと思うんです。今までの日本の首相って小さいです。悪いけど欧米人から見たらチンパンジーでしょう。ナメられますよ。

有名人でいえば猪木さんみたいな感じかな。芸人のおにぎりでもいいです（笑）。そのくらいの巨体で「ＮＯ！」と言わないと世界では通用しないでしょう。ともかく一回やってみる価値は十分にあると思います。

一回くらいは外国の首相を上から見下ろす感じで相対してほしい。今までだと、並んでるだけで、「負けてる」感がありますもん。

円卓に座ってても、日本の首相は小っちゃい小っちゃい。「日本の首相の前にバナナ置いておかなアカンで」と陰で笑われてますよ（笑）。

次の首相の福田さんをどう思うかですか？　福田さんってけっこうトシでしょ。71歳ですか。70歳の時に「私はもうトシだから」と総裁選に立候補しないと言った人が、なぜ71歳で立候補したんでしょう（笑）。

まあ、歴史に名を残す首相にはならないんじゃないでしょうか。

それにしても、小泉のオッチャンは本当にツイてましたねー。今度の総裁選の時も小泉チルドレンが担ぎ出そうとしてましたけど、もう一回やるわけないんですよ。あれだけもう歴史に名を残したんだから。小泉さんが再登板するかしないかの賭けがあったら、ボクは「しない」ほうに持ち金全部賭けてもいいです（笑）。

カネのこと（事務所費など）は安倍さんばっかりが責められていますが、あれは小泉さんの時から、もっといえば戦後の自民党政治の歴史上、ずっとあった問題のはずで、安倍さんとしては、発覚したのがオレの時だけやと言いたいと思ってますよ。

年金の問題もそうですね。小泉さんなんか厚生大臣までしていたんですから、叩かれどころ満載だったんですけどね〜（笑）。

なんか安倍さんは、やることなすこと全部裏目に出てしまいましたね。みんなが「お友達内閣」と批判するから友人を排除したら、カネの問題が出てきて、いざ相談しようと思ったら、友人がいなくて、「そうや、みんな切ってしまったんや」と気づいても後の祭り。相談相手がいなくて、かわいそうでしたね。

母親（岸元首相の娘）に小言を言われるし、胃腸はボロボロやし、安倍さんの返り咲きはもうないでしょうね。

あんな辞め方して、議員さえも続けられるんでしょうか。小泉のオッサンは（そんなこども）わかってて、安倍さんを指名したんちゃうか、とまで思います。
結局、首相なんて国民のことを考えるというよりは、いかに自分が名首相と呼ばれるかだけですもん。
もうこうなったら、民主党から首相が出たら、またおもしろいんですけどねえ。まだ時間かかるかなあ。

〔07年7月〕

犯人は和田アキ子風

ちょっと前のニュースですが、警察が犯人の特徴を公表する時に「髪型は和田アキ子風」と書いて抗議を受けた騒動がありましたね。もし、松本さんがそういう扱いを受けたら、超激怒ですよね？

（角田寸・北海道）

その前に髪型なんてハサミ一個で変えられるので、（犯人手配で）髪型を特徴にすること自体、あまり意味がないです（笑）。

タレントの立場から言うと、今回はそんなに悪い気持ちはしないですね。それだけ社会的に（自分の存在があまねく）認知されているということですから。

そうか、そういうふうに表現されて、みんながわかるんや…というのは、
まあ、第三者が気を遣ってクレームつけるのは当然かな。

もし「連続レイプ犯人は松本人志風」と言われたら腹が立つか？

う～ん、ボクはあまり気にならないですね。ネタにできるし（笑）。

ただ、世間が「それは本人に失礼やろ」というふうに思ってくれないと、またそれはそれで憤《いきどお》りが出てくるかな～。

今回の和田アキ子さんの件はほほえましいです。サザエさん的というか、「和田さんは国民の知るところ」という扱いですから。

〔07年11月〕

バラバラ殺人事件

死体をバラバラにするようなこんな残虐な事件が増えるなんて、最近の日本は一体どうしてしまったんでしょうか？
（西田幹・埼玉県）

バラバラ殺人、ですかあ。日本の場合、住宅事情もあるんですよね。だから、それを海外の猟奇殺人と同じに扱ったら間違うと思います。日本は住宅が狭いので、殺してしまった後、死体をどこかに隠すにしても、細かくせざるをえないんじゃないでしょうか。

それにしても、事件には「流行」というのもあるんですよね。これを煽《あお》っているのはニュースや週刊誌ですね。テレビの報道なんかにも問題がありますね。

誰かの不幸な事件があって、それがお涙頂戴パターンで（視聴率の）数字がよかった時なんか、報道のスタッフで大喜びしてるヤツもいるらしいですからね。もちろん、全員じゃないとは思いますよ。でも、そういうふうに「事件」を扱おうとするヤツもいるのは事実ですよね。

世の中がよくなるためには、ニュースやワイドショー番組の視聴率がゼロになることを、放送局は目指さないと本来いかんのです。

本当に平和で事件もなにも起きなければ、ニュースを見る視聴者もいなくなるはずなんです。今の状態は、なんかすべて逆、逆に動いていますね。〔07年4月〕

赤福

松本さん、ボクは今まで何個の赤福餅を食べたのでしょうか。それなのに偽装だなんて……。300年の老舗《しにせ》という安心感も幻影でしたね。（白大福・山梨県）

知り合いの人が、「今の日本は、過去何十年間かのウミが白日の下に曝《さら》される時期がきてるんや」と言ってましたが、まさにそのとおりです。

年金然《しか》り、大相撲然り、そして赤福然り…。別の言い方をすれば、よく今までバレなかった（わからなかった）など。そのほうが異常だと思いますが。

赤福の場合は、地元で赤福の記念館かなにかができるような目立つタイミングだったんでしょ？「あそこばっかり儲《もう》かりやがって！」みたいな、いろんなリークがあったんだと思います。（編集部注→2007年が赤福創業300周年記念事業の年だった）

冷凍品を使うとか、製造年月日の偽装は約35年前からやってたというじゃないですか。このね〜、「35年前」というのがハラ立つんですよ！ ボクが小学生の時、修学旅行が伊勢だったんですよ。伊勢に行ったら、そりゃ赤福を買うじゃないですか。もちろん、ボクも買いました。で、ちょっと計算してみたら、ちょうどボクらの年から悪事をやりだしたことになるんです（笑）。

ボクの兄や姉の頃は新鮮な赤福で、ボクの時から冷凍の赤福なんです（笑）。これはハラ立ちますよ〜。

しかも、その事実をこのトシになるまで知らなかったわけですから。

こいつらは35年間、のうのうとやっていたわけです。

あ、そういえば、修学旅行の時、「赤福を何個買います」みたいな注文書を学校に提出した思い出もありますねえ。当時、オカンに「修学旅行行くんやったら、近所の人にも配らなアカンから赤福何個か買うてきてや」と言われて、小学校から渡された紙に書いたんですよ。あれ、なんだったんでしょう。学校と赤福がなにか提携でもしてたんでしょうか？

数年前に、赤福の会社内部の有志が経営陣に偽装の疑惑を告発したら、全員クビになったという話もありますよね。なぜ、その時、マスコミに話さなかったんでしょう。なぜ泣き寝入りしたんでしょう。彼らは職を失ったわけですよ。わからんな〜。

ただ、今はものすごく怒ってますけど、世間っていい加減ですからね。不二家の時も白い恋人の時も、会社はもう終わりと思われたのに、すぐに復活しますからね。

しかも一般庶民は、「あれだけ懲《こ》らしめられたんだから、他のメーカーよりも逆にフレッシュなんと違うか。まさか二度と悪事はやらんやろ」と思ってますからね。赤福も復活したら「前以上に信頼できる、うまいに違いない」と思ってしまうでしょうね。人の骨折やないっちゅうねん（笑）。折れても強くはならないですから。

それやったら、他のずーっとまじめにやってるメーカーがかわいそうです。

赤福も社長が出てきて現場のせいにしてましたね。バレるに決まっているんですけどねえ。

赤福に頼りきっているから、こんなことになるんですよねえ。アンコとモチを回収して再利用しようと思ったのも、赤福しか作ってないからだと思うんですよ。ヒマなんじゃないですか。なんとか余りものでもっと有効利用できないかと、この状況なら考えますよ。

そんなに利益を追求しないで、「この赤福で家族が普通に食うていけたらよし」とするくらいでないとダメなんですよ。

〔07年12月〕

段ボール入り肉まん

中国の「段ボール入り肉まん」は、後になって、テレビ局によるヤラセ報道だと判明しました。もう何を信じていいのやら…。

（谷川純一・東京都）

ちょっと中国はムチャクチャですね、最近…。

「ヤラセだった」と言われても、逆に「本当にヤラセか」と思ってしまいますもんね。段ボール入り肉まんもね、仮に本当にあったとしてもいいんですよ。でもちゃんと、店頭で「段ボール入り肉まん、おいしいよ！」と看板に出して売らないとダメですけど(笑)。それを書いて売らなかったら、やはり悪ですね。

日本の「ミートホープ」と一緒です。「牛肉入り」と言っておきながら、いろいろ混ぜるのがよくないのであって、「このコロッケ、いろいろ混ざって、味バッグン！」と表示してくれたら、全然、問題にならなかったでしょう。

段ボール入りねえ。しかし、いくら材料費が安いとはいえ、段ボールはないかあ。なにか食えるもので代用品はいくらでもありそうですもんね。わざわざ段ボールを選ぶには、そこに悪意があると思います。

〔07年9月〕

巨人、「中古外国人」大補強

ヤクルトからグライシンガーとラミレス、横浜からクルーン…。巨人の戦力補強はホントにヒドイですね。強力な助っ人を海外から連れてくるならまだしも、日本の他のチームから強引に金で奪うようなことをするなんて。（コバ・東京都）

これはねー、今に始まったことじゃないでしょう。お金で戦力をかき集めることを、昔から巨人はやってますよね。

まあ、今回は日本の他のチームで活躍している選手を根こそぎかっさらった感じなので、その印象が特に強いんでしょう。

マスコミ（特にスポーツ新聞）も正面切っては、このことを批判しないですね。なに気を遣っているんでしょうか。

でもね〜、ボクは思うんですけど、そこまで大金を投じて、助っ人外国人を巨人一チームがかき集める意味が、今の日本のプロ野球にあるんでしょうか。

「巨人が優勝することが、プロ野球界が繁栄することである」といまだに思っているオジサンたちが会社の上にいるわけですよね。

巨人が優勝すればテレビの視聴率が上がると信じてるわけです。

もうね、それはないでしょう。去年もシーズン優勝しましたけど、視聴率は全然ダメだったじゃないですか。

そういうことをやり続けてくれていると、もうすでにそうなってますが、他局では「野球が裏番組にくると番組関係者が喜ぶ」ということなんです。

ひと昔前と真逆になっている。以前は「え〜〜、裏番組がプロ野球〜!?（泣）」だったのに、今は「やった、プロ野球！（笑）」ですから。

そこをエラいオジサンたちは永遠にわからない。わかりたくないのでしょうか。

お笑いになぞらえて言うと、能力の高いメンバーばかり集めたら番組がおもしろくなると勘違いしているようなもんです。

ボケばっかり集めてもダメなんです。

ネタをフッてくれて、ツッコんでくれる人がいないと番組は成立しない。

巨人もこれだけの選手を集めれば、今年は優勝するかもしれません。日本一にもなるんじゃないでしょうか。

でも、それで野球人気が盛り上がるのかな。それで勝ってうれしいですか？

お笑い界でも戦力の一極集中が問題になることがあります。吉本に芸人がかたまりすぎているみたいな。でも、これは巨人の問題とはまったく違いますよ。

例えば、M―1でも、吉本（の芸人）ばっかりが勝ち残るといわれることがありますが、「吉本が有利になることは絶対にない」とボクは言い切れます。巨人のようにカネで決勝メンバーを集めるなんてことは絶対にしていない。ガチンコの勝負です。

だから、おもしろいんです。

逆に、吉本だから損してるくらいだと思いますよ。番組の企画によっては全員、吉本でそろえたほうがおもしろくなるとわかっている時でも、会議でほかの事務所のタレントを入れようとしているくらいなんです。

昨年のM―1グランプリ、敗者復活から勝ち上がって、見事優勝したサンドウィッチマンは、吉本ではない事務所（フラットファイヴ）の所属ですが、まさにこれこそ実力です。吉本所属だから有利になるなんてことはないんです。

こういうガチンコの戦いが、（カネで戦力をかき集めたプロ野球なんかよりはるかに）

みんな見たいだろうし、いちばん見応えがある番組ソフトだと思うんです。

ボクみたいな人間がプロ野球界にひとりいたら、今みたいな衰退は防げると思うんですけどねえ。自分だけがよければそれでいいという考えがいちばん自分の首を絞めることになることが、どうしてわからないのでしょうか。

プロ野球関係者、それを報道するマスコミの方々には、ぜひ、このことをわかってもらいたいです。

〔08年2月〕

第2回東京マラソン

第2回（2008年）の「東京マラソン」も大盛況でした。テレビ視聴率も20％以上！　ただ、正直、私は嫌いなんです、マラソンが。

（フトイ・東京都）

なんやろなー。なんかボクも好きになれません。「ふーん、勝手にやったら」となるのはなぜなんでしょうね。

石原都知事発案の「町おこし」らしいですが、NYシティマラソンやボストンマラソンのパクリで、もともとアメリカにあったものを日本に単純に持ち込もうとしていることに違和感があるのでしょうか。

マラソンでもいいけど、まだ駅伝のほうが日本っぽいかなー。

ボクが感覚的になんかイヤやなーと思うものを自分なりに考えていくと、だいたい同じところに行きつきます。

…なんや、パクリかい！　と。

サッカーなんかも、ゴールを決めた時のパフォーマンスが、憧れている外国選手の物真似をやっているように見えてつらいです。

シュートをはずした時にツバをペッと吐くのも、おそらくモデルがあるのでしょう。ツバを吐いて悔しがるなんて文化は、日本人にはないわけですから。

選手としては、ゴールを決めて派手にパフォーマンスするオレ、はずした時にツバを吐いて悔しがるオレ…というイメージが（本人の頭の中で）勝手にできあがっているのでしょう。

そのオリジナリティのなさがわかってしまうので小寒いなーと思うのです。

もっと自分のものとして表現すればいいのに…。

グラウンドにツバを吐くのは、自分も倒れる（ツバで汚れる）可能性があるのでやめたほうがいいですよ。

そんなことをするくせに、（ゲーム前は）意味なく子供と手をつないで出てくるし（笑）。

それも外国でやっていることの真似でしょう。

とにかく、ツバを吐くのは禁止です。どうしても吐きたいヤツは、ケータイ灰皿みたいにケータイツバ入れを持たせるとかしましょう（笑）。

〔08年4月〕

銃乱射

アメリカの大学で32人が殺害されるという銃乱射事件が起きました。日本でも選挙中の長崎前市長が射殺されるという事件が起きました。銃による犯罪は、いつになったらなくなるのでしょうか？

（ヤジマン・東京都）

日本とアメリカでほぼ同時期に銃を使った事件が起きましたね（ともに2007年4月）。アメリカの大学での32人殺害事件はもちろん衝撃的ではあったのですが、ボクは日本の事件のほうが深刻な気がしますよ。

アメリカは銃を持つことを認めている国ですから、逆に言うと、あれだけ銃があるわりには発砲事件がないほうかもしれないです。

それに比べて、日本はこれだけ厳重に取り締まっているにもかかわらず、最近、銃を使った犯罪が増えてますよね。

たてこもった男が自殺を図るという事件もありましたが、なんでも拳銃を2挺《ちょう》持ってたらしいじゃないですか。

2挺というのは、ちょっとイヤですねえ。「えー、日本でも拳銃というのはけっこう出回っているもんやな～」と正直、思いました。

フツー、ひとりに1挺やろー。なにがフツーなのかは知りませんが（笑）。弾も10発くらい撃ったといいますから、かなりの数を持ってたはずです。

イヤな世の中になったもんです。

もし、日本で銃保持が認められるようになったら、どうするか？

そうですねえ、もし法律で許されるなら、護身用に家に1挺置いてもいいかな～とは思いますね。

だって、（あくまで護身用で）絶対、ボクのほうから撃とうとはしませんから。マンションの安全面からいって、防犯システムには登録してますけど、警備員だってすぐには駆けつけてはくれないでしょうし、暴漢が入ってきたらどうしたらいいんですか。

自衛はしっかりしたいかな～。女を守るため？　女のコは家には来ないので、彼女を守るというのはありません（きっぱり）。

銃よりもマシンガンのほうがいい？　それは家を穴だらけにして、後の補修が大変そうなのでイヤです。

でも、まあ、日本で銃保持が認められることはないでしょうねえ。

逆に、あんな事件があったとしても、アメリカから銃は永遠になくならないでしょうからねえ。

犯人の大学生に殺された学生の親御さんにしたら、銃をやめようと言っていても、逆に「こんなことになるんだったら、自衛のために銃を持たせるんやった」と思っているでしょう。

核問題と一緒ですね。

中途半端な規制は、持っていないほうが圧倒的に不利になりますから。

これを突き詰めると、銃をひとり1挺持ってお互いを牽制し合うしかなくなる。

…う～ん、やっぱりこれって、核問題の究極の解決法と同じですよね。

もし銃を必ず保持するような世の中になっても、数にこだわりますが、ひとり2挺はやめましょう。車にも1挺入れときたい…なんて、考える人も出てくるでしょうけど、
それはもう限りがないですから。

もし銃を持つなら部屋のどこへ置いておくか？

いやいやいや、そうなったら身につけることになるでしょう。ストラップとか腰につけるヤツとか、いろんな商品が開発されて売り出されますよ。それこそ、ハンズへ行けばいろいろ買えるんじゃないでしょうか。

カッコイイのとか、かわいいのとか、色もいろいろ選べるはずです。弾にしても、色、柄、選べるようになるんじゃないでしょうか。

まあ、でも、そんな世の中、イヤですねえ。

銃を持ったら持ったで、今度は攻撃力アップの競争になるんでしょうからねえ。

何回も言いますが、結局、核問題とまったく同じ展開になります。

そうだとすると、やはりここは覚悟を決めて、みんなで一斉に放棄するしかないんです。日本の刀は、まあまあなくなったじゃないですか。ああいうふうに、アメリカの銃もならないもんなんでしょうか。それができるんなら、もうとっくにやっているか…。

まあ、アメリカのことはアメリカに考えてもらうとして、日本の問題ですよ。なんだか規制にしても、例えばですけど、飛行機に爪切り持ち込みアカンとか、極端なことになってるでしょう？　爪切りでどうハイジャックするんですかね。

そんな細かいことより、銃をしっかり取り締まったほうがいいですよ。　〔07年6月〕

内藤大助vsポンサクレック

内藤大助選手の前回の世界戦（２００８年３月）ですが、残念ながらドロー防衛でした。ボクは絶対に内藤選手の勝ちだと思います。（イーナオ・栃木県）

この試合にはひどい話があるんですよ。仕事で見られなかったので、録画して楽しみにしていたんです。確か、『リンカーン』のロケバスの中で、結果を知っている者もいたんですが、結果は言うなよ、みたいな空気で、家に帰ってから録画を見るのをみんな楽しみにしていたんです。そしたらその日に、内藤本人が『リンカーン』のゲストで現れて、「勝ちました〜」って（笑）。

えー、言わんとってー、と全員が思いました（笑）。まあ、ＴＢＳつながりでゲストで出てくれたのですから文句は言えないのですが。

で、家であらためて世界戦を見ました。そしたら勝ってなかったやんけ〜（笑）。ドローやんけ、でした。ボク自身の判定ですか？　そうですねえ、１ポイントないし２ポイントで内藤の勝ちでいいと思いました。

日本は、日本人に（判定が）厳しいんです。不思議な国民ですよ。逆アウェーみたいになることが多い。

今回の世界戦をタイでやっていたら完全に内藤の負けでしょう。彼らは平気で（ホームタウン・デシジョンを）しますから。国民もそれでOK。まあ、それが世界の趨勢《すうせい》っちゃあ、趨勢なんですが…。

日本人はバカ正直というか生真面目というか。ボクは格闘技でも何回か目撃してますね、今のは日本人の勝ちでいいというのが、逆に負けになった試合を…。

ある意味、公平じゃないんです。格闘技に清らかと言ったらそうかもしれませんが、どの国でやっても不利なんだから選手がかわいそうです（笑）。

他の国では絶対こんなことはないです。日本では、外国の有力選手が出てきてもブーイングなんてないですもん。逆に、日本人をやっつけた外国人選手に握手を求めたりしますから。

不思議な国です。

〔08年5月〕

消費期限切れ

不二家のお菓子に、長年にわたって消費期限切れの材料が使われていたそうです。子供が食べるものですよ！　あまりにも製品管理がズサンです。（椎田椎・岐阜県）

こういう事件があって、マイクを向けられると「こわいです〜。ウチには子供もいますしー」というオバハン、絶対いますよね。こういうのがいちばん嫌いです。自分が怖いと思っているくせに、絶対に「子供が〜」と言いますよね。子供をダシにするな、ということです。

不二家に関しては、なんらかのペナルティがあって当然だとは思うんですが、一方でボクが感じたのは、消費期限とかいろいろうるさくいわれてきたけど、意外とそれを過ぎても食べれるんやな、ということでした。

不二家は消費期限が過ぎた材料を使って製品を何年もつくってきたのに、あたった人（お腹をくだした人）があまりいなかったから、ここまで隠し通せてきたということでしょ？

お菓子って、消費期限をある程度過ぎても実はセーフ、ということを立証してくれたんです。

メーカーやお店も、逆にちょっと厳しくしすぎた消費期限で自らの首を絞めているのと違いますか？　コンビニは消費期限の切れた弁当やおにぎりを捨てていますが、実はそれは早すぎるのかもしれない。もう1日くらい店頭に置いても大丈夫かもしれません。ファストフード店のハンバーガーも、あんなに早く捨てなくてもいいかもしれません。世界には食べるものがなくて困っている人がたくさんいるわけですから、規制を緩くして、その材料で（調理し直して）他の国で食べることのできるものがつくれるかもしれません。

そんなこと言うと、また「ウチには子供がいますから」オバハンが出てきて、「もし子供が下痢にでもなったらどう責任とるのよ！」とわめきまくるでしょう。

そう思うなら食べさせなきゃいいんですよ。確かに子供は抵抗力がないから腹をくだしたりするかもしれないけど、子供の基準に合わせて食べ物を粗末にすることはないでしょう。

大人はもう少し規制を緩くしてもきっと大丈夫ですよ。消費期限を緩くすることを不二家がこっそりやってきて、何年もほとんどセーフだったわけですから。〔07年3月〕

アメリカンな高砂親方

朝青龍問題でずっと引っかかっていることがあります。それは高砂親方の「服装」です。あの「アメリカの警察官」っぽい服装です。あの服装の謎を解いてください。

（ミツミツ・北海道）

高砂親方？　あ〜、あのコスプレしてる人ですね（笑）。アメリカン・ポリスっぽいというか、パイロットっぽいというか。いつか言われるやろなあ、とずっと思ってたんですよ。コントの合間にインタビュー受けてるみたいじゃないですか（笑）。

元・朝潮？　あの頃は大相撲を全然見てなかったのでよく知らないです。

ただ、アメリカン・ポリスのファッションしてる人って、（時々、ほかにも）いますよね。あれはなんでなんでしょう。だって、アメリカ人じゃないし、警察官でもないのに…（笑）。

日本人の中にあの格好が好きなヤツがいるんですよねえ。

昔、浜田の家の近所に住んでいた同級生でアメリカン・ポリスファッションしてたヤツがいたんです。今でも変ですからね、あの当時の「浮き」方はすごかったですね。

みんな、「おかしいぞ、あいつ」扱いでした。（米軍基地もない）尼崎で、昭和50年代に小学校6年生でそんなかっこうしてるヤツが歩いているんですよ。

クリーニング屋の息子でしたが、クリーニング店とアメリカン・ポリスはなんの接点もないですねえ。

彼はアメリカ軍人の制服を着てる時もありました。ボクらは「なんであいつ、今日は軍人みたいなカッコしてんねん」と不思議がってました。そんなヤツですから、あまり友達もいなかったですね。

今ならねー、まだそういう趣味というかファッションとして捉えられたかもしれないですけどね。

彼は生まれる時代を間違えてきましたね。そもそも、インターネットもないし、どうやってあの制服を入手してたんでしょう。マニアの先駆けでしたね（笑）。

でもね、どうやったらアメリカン・ポリス好きの人間ってできあがるんでしょうねえ。前世の影響でしょうか。

例えば、外国人でもズーズー弁を使うダニエル・カールみたいなのがいるじゃないですか。絶対、彼は前世が「日本人」やったと思うんですよ。輪廻《りんね》の時にリセットボタン押し間違えたというか、日本人としての前世のデータを消去できないまま、「ハイ、次、行け～」みたいに神様に送り出されたはずなんです。

だって、彼は漢字も完璧ですよ。音読み、訓読みバッチリですもん。絶対おかしいですもん、そんな外国人。

尼崎の彼も、前世はアメリカ人だったと思います（笑）。間違いなく警察官か軍人です（笑）。普通は死んで生まれ変わる時にアサリみたいに前世の砂を全部吐かされるんですが、吐き切れずに「おい、順番きてるぞ、はよ行け！」で、この世に落ちてきたんです。

だから、彼としては「アメリカン・ポリスのカッコしたら、なんだかえらい落ち着くねん」となるんだと思います。愛国心の強い人というのは、生まれ変わりながら何回もその国の人間をやっているのかもしれませんね。

高砂親方は今の顔は東洋人丸出しですが、前世はアメリカ人ですね（笑）。巨漢のアメリカン・ポリスです。

今までにアメリカの警官ファッションをしたいと思ったことがあるか？　ボクは気分的にもファッション的にも絶対なし！　ですねえ。

ファッションの話を言うと、ボクは理由はわからないけど「上下セット好き」なんです。上と下の統一感ある服装が好きなんです。

ジャージ然り甚平然り、スーツもまあそうですね。アイビーみたいに、ジャケットにパンツは柄違いというのはダメなんです。

女もブラとパンツがセットでなければダメですね。赤のブラにベージュのパンツなんか最悪です（笑）。

警官や軍人は統一感がある？　ハハ、確かにそうですね。でも、なしですね。センス的に、なしです。これを言っては元も子もないですが（笑）。

〔07年11月〕

東国原知事

東国原宮崎県知事（そのまんま東）はテレビに出まくっていますね。テレビ局はスキャンダルや離婚騒動の時はあれだけ叩いておいて、よく「番組に出てください」なんて言えますよね…。

（そのまんま南・大分県）

いまだにこぞってニュースで取り上げてますね。当選直後なんか、3日間ずーっと追いかけていた局もありましたからねえ。

うがった見方をすると、なんかあったらまた手の平返すつもりで、今持ち上げているだけの気がしますけどね。

でも、本当に浮き沈みの激しい人生ですね。すごいなー。人はアグレッシブにやったもん勝ち、ということでしょう。

スキャンダルがあった時に、あのまま沈んでいても仕方ないし、マラソンやったり、受験して大学通ったり、まさにバイタリティの勝利といえますね。

〔07年4月〕

路上キス

女性キャスターの山本モナが路上キス写真をフライデーされて番組を降板してしまいました。しかも相手は国会議員！

（タカ＆ワシ・北海道）


この人に限らず、年間通して写真誌なんかで路上キスを撮られる人がいますねえ。なんでやろ？　なんでやろ？

ましてや不倫でなんて、不思議ですね〜。

これは女側はワザとですよね。「あなたは私のこの挑戦を受けますか？」ですよ。「受け入れるだけの根性があなたにはある？」という踏み絵みたいなものでしょう。もっとわかりやすく言うと、妻子ある議員に対して「私とセックスしたいなら路上で堂々とキスしなさい」ということでしょう。いや〜、そんなことされたらキツイな〜。

一種の賭けですね。女は時々こういうことをしますね。でも、それで写真撮られたら元も子もないでしょう（笑）。

男は路上キスを迫られると、「ん？　するんやったら、パッとしないとスマートやないなー」と迷ったりしますが、その時点でもう負けてますね。迷わずサッとしないと、女性は「この意気地なし！」と絶対に内心で思うでしょう。

ボクがもしそうされたら？　ボクは、まだ路上でモーションをかけられたことはないなー。仮に酒が入って泥酔してようが、ボクはしないし、させないですね。彼女がもし求めてきたら、その時点で彼女を「嫁さん候補」「ガールフレンド候補」とは違うグループに入れてしまいますね。

外でキスをするなら、ぎりぎりで「車の中」でしょう。それもどうかと思いますが…。独身のボクでもこう思うのに、ましてや家庭がある人が路上キスなんて、やっぱすごいですね。いい・悪いじゃなくて、すごい。尊敬はしないけど、ただただすごいと思います。

〔06年12月〕

ホリエモン実刑

ホリエモン、地裁判決で2年6ヵ月の実刑が下りました（即日控訴）。それに、お金はたくさん持っているのだから、保釈金はもっと高くてもいいんじゃないでしょうか？　株で損した人は苦しい生活をしているのに…。

（ムガ武・北海道）

執行猶予がつくと思っていたので、ボクも実刑にはびっくりしましたね。でも、それ以上にびっくりというか、違和感を覚えたのは保釈金です。

何億かをすぐに払って、すんなり出てきましたが、そのカネは今まさに問題になっている罪状で儲けたカネですから。

前回と足して5億円でしょ。なんかこれっておかしくないですか？

例えばですけど、スーパーのレジで10万盗って捕まったんだけど、その10万円の中から1万円の保釈金払って出てきた、みたいな感じがするんです。9万円、丸儲けじゃないですか。

ちょっと違いますけど、刑務所出てきたヤツが手記書いてベストセラーになることもあるじゃないですか。それもいいのか、と思いません？　売れたら、それがキミの印税になるんかい。

それなら、最初から本にすることを見越してメチャメチャやってやると思うヤツが出てこないとも限らないじゃないですか。

犯罪者が守られているなー。どこかで規制をかけなければいけないんじゃないですか。こういう本を読んでみると、犯罪の自慢話かい、と思いますから。ハラ立ってくるんです、途中で。

ボクが一冊買ったおかげで、こいつにン十円入るのかと思うのもハラが立ちますね。こういう本の印税は、普通の人の印税の何分の1かにして、残りはどこかに寄付するべきなんです。

少なくとも、われわれの書いたものと同じ扱いは納得できない。

ホリエモンは、実刑2年6ヵ月ですか。まあ、確定しても、2年弱くらいで出てくるんでしょう。

ボクも判決を聞いた時は重いな、と思ったんですが、（罪状になっている錬金術で）

稼いだカネが半端じゃないですから。貯蓄が百何十億あるらしいですからね。

一回、全財産を差し押さえて、保釈金はそれ以外から工面して払わせるようにすべきです（その代わり何百万円でいいです）。

ライブドアという会社を始める前のカネで払うべきなんです。

フジテレビなどから求められている賠償金も、（罪状になっている方法論で儲けたカネではない）どこかから工面したカネで支払わなければ、おかしいんです。

司法は罪人に「反省させる」ことがいちばんの狙いなら、やはり、損しないと反省しませんよ。どうして裁判官はそういう当たり前のことに気がつかないんでしょう。司法試験をパスしたエリートなんでしょうけど、世間知らずのエリートというのでは困りますね。

常識もあって、判断が早くて、人の気持ちにも敏感。ボクなんか、裁判官に向いているんですけどねえ（笑）。

〔07年5月〕

『あるある大事典Ⅱ』

『あるある大事典Ⅱ』が打ち切りになりました（2007年1月）。当然ですよね！虚偽のデータで「この食べ物はいい！」とやっていたわけですから。納豆はもちろん、レタス、みそ汁…ねつ造だったなんて…。

（タムラタム・千葉県）


これに関してまず思ったのは、ちょっと大げさかな〜、ということです。

まず納豆が毒であって、それをさも食べるといいみたいに言ったのなら、番組即打ち切りは当然でしょう。

でも納豆は現においしいし、栄養もあるし、少なからずダイエット効果がないわけではないでしょう。

もちろん、今回のことに関しては謝らなければいけないけど、番組の打ち切りまでしないとアカンのかー、という思いはありましたね。

番組づくりに関しては、だんだん細かくなってきているようで、街頭インタビューによるランキングなんかも、どこまで本当にやってんねん、となってきているようです。テレビだけが今追及されていますが、雑誌やほかのメディアも実際はどうなんでしょうか？

よくやってる「抱かれたい男ベスト10」みたいな企画も、実際の投票結果を調べてみたいですね（笑）。例えば「ラーメン屋のベスト10」みたいな企画でも、全員が全部のラーメンを食べているわけではないですからねえ。チェーン店や大箱の店のほうが有利になるでしょう。芸能人の好感度調査にしても、メディアに露出の多い人は悪く言われる傾向がありますからねえ。いいイメージを持たれていても、翌年スッといなくなる人もいますしねぇ（笑）。

調査やランキングというのは、つきつめていくと、すべてにあまり意味がないんじゃないでしょうか。

「あるある打ち切り」でイヤなのが、他局が鬼の首をとったみたいにニュースとして扱うことです。（笑いかみ殺してる様子が）ありありですもんね。

ニュースやワイドショーの人たちって優しくないですよねえ。

こうやって考えると、バラエティの人間が清らかに見えてきます（笑）。〔07年3月〕

佐世保猟銃乱射事件

フィットネスクラブで猟銃乱射…。ホントに怖い事件ですよね。銃乱射は、銃社会のアメリカだけだと思っていたので、今回のような事件が日本で起きたことにショックを感じています。

（マッシン・長崎県）

まあ、事件の細かいことよりも、ボクは猟銃を趣味で持っていいということに疑問を感じますね。

あんな危険なもの、（監督官庁が）許可しなくてもいいですよ…（怒）。（猟でもクレー射撃でも）やるんだったら警察がずっとついてやるべきです。銃も（警察管理の）ロッカーから1挺ずつ警察官が貸し出す方式にすればいいんです。終わったら、すぐに警察に返却です。

今回の事件で日本国内に思ったよりたくさんの許可銃があることがわかりました。（編集部注↓日本全国で約34万挺）

犯人も銃4挺、銃弾2700発も所持してましたよね（ルールで、ひとり銃弾800発までとあるのに）。

これは怖いですよね。ボクはマンションに住んでますが、2発あったらオートロック壊して玄関の鍵を壊して部屋に入ってこれますもんね。そして、殺す用の1発…。3発あれば、だれでも殺せるということじゃないですか。

ええーっ（怒）。これは規制しないとダメでしょう。

（今の日本では、これだけ所持することが簡単だから）自分でも銃を持ってみたいか？

うーん。まあ、護身用には持ちたいと思ったことはあります。

人気者だからというのではなく、ボクはなんだか、ちょっと変わったファンを引きつけてしまうらしいんです。

先日も飲みに行ったら、店の人が止めているのにもかかわらず、酔った変なオバハンがしつこいほど寄ってきたんです。

オバハンの場合は、さすがに身の危険を感じることはありませんが…。それでいいという問題ではない。

でもね、もし銃が許可されることになっても、実際に銃を使うことはできないでしょうね。だって、銃を使った時点で芸能界での芸人生命を絶たれてしまいますから。人を（たとえ正当防衛であっても）殺した時点で、誰も笑わなくなるでしょう。（収録で）怒って「殺すぞ」とツッコむのがシャレでなくなる（笑）。周りもフォローできないし。

銃はね、この世にないことが一番なんですよ。今まで趣味として猟銃の所有を認めてきたことが間違いなんです。

みんな、いろんなことを法の下に我慢してきているんですから、つべこべいうまでもなく、即、「猟銃所有禁止」にすべきです。

ええ、明日から「禁止」です！

〔08年2月〕

佐世保猟銃乱射事件

２００７年12月14日、長崎県佐世保市のスポーツクラブに不審者が侵入。ライフルを乱射した。女性インストラクターと犯人の同級生の男性が死亡したほか６名が重軽傷を負った。犯人は自殺。

原付で飲酒運転

フィギュアスケートの織田信成クンが飲酒運転で摘発されましたね。原付バイクだったらしいですが、許されるものではないと思います。（徳がわいえ康・大分県）

フィギュアの織田クンは泣いてましたけど、有名人が飲酒運転したら謝罪会見しますよねえ。

でもね、あれって、シラフなら誰でも正しい判断ができるわけで、謝罪会見をするなら、本人がベロンベロンの泥酔状態で謝らないと、意味がないんじゃないでしょうか。シラフの時から、飲酒運転をしてやろうと思っている人間はいないわけで、だからこそベロンベロンの泥酔状態で会見して初めて説得力を持つと思うんです。狼男がフツーの人間の時に「ボクはもう嚙《か》みません」と言っても信用できないじゃないですか（笑）。

だから、マスコミは会見場に酒を用意して当事者にベロンベロンになるまで酔わせて、それからマイクを向けて、「さあ、どうします？　もう電車はありませんよ。でも駐車場にはあなたの車が待ってます」とささやきかければいいんです。

そこで毅然《きぜん》と「いや、ボクはタクシーで帰ります！」と言わせてこそ、謝罪会見の意味があるんです。

織田クンは乗用車じゃなく原付だったんですか？　まあねー、危ないことに変わりはないですしね。えっ、たとえ自転車でも法律上は飲酒運転になるんですか？

それは芸能人、危ないですね。気をつけないといけないです。

〔07年9月〕

シンドラー社のエレベーター

エレベーター死亡事故を起こしたシンドラー社って、異常にムカつきます。責任逃れの会見ばかりで、真剣に謝ってる気がまったくしません！（河合信二・山口県）

シンドラー社って、世界シェアは2位なのに、日本でのシェアは1％くらいなんですか。そして、その1％のほとんどが公的機関の建物に。ふ～ん、かなり安く入札したんでしょうが、それもなんだか裏がありそうですね。

あの事故以来、気になってエレベーター乗るたびに、どこ製かを調べてみるんですが、シンドラー社だったことはまだないですね。

それより、この事件の発端となった学生の死亡。あれは、いたたまれないなあー。いろんな死に方がありますけど、あんな死に方はめちゃめちゃキツイですね。本当に、かわいそうだと思います。

オレが一体なにをしたんだ！　と彼は思ったことでしょう。

「こんな死に方はイヤだ」ランキングをつくったとしても、「エレベーターに挟まれて死ぬ」というのは出てこないはずです。

今、ボクの中ではこの死に方は相当上位に入ってます。無念やったと思います。身内の方なんかはたまらないでしょう。

（コンピュータの基板に問題だとか設計ミスだとか、いろいろいわれてますが）天災ではないわけですから、誰かが悪いわけですよ。事故前にも何回か異常が見つかっていたわけですから。これはちゃんと原因を究明してほしいです。

昨日、ある局で、エレベーターに乗ったらボタン押しても動かずにランプが消えたんです。ものすごく気持ち悪かったです。少ししたらランプがついて動いたからよかったものの、閉じ込められるところでした。なんか、おかしな具合になってますね。

あの事故を起こしたエレベーターはどうなってるんですか？　使用停止ですか？　そりゃそうですよね。

で、そのビルの住人の中には、今、シンドラー社のエレベーターを使わずに階段を歩いて昇っている人がいるんですか？

は〜〜、暑い夏に、それは大変ですね。

シンドラー社はアルバイトを雇って、３人リレーくらいで、そういう住人の方、特にお年寄りを背負って昇ってあげるような対策をとるべきでしょう。

あ、でも、アルバイトも背負い慣れないので、背負ったまま階段をふたりもろとも転げ落ちる可能性もあるから、それも危ないですね。

人を背負えないなら、荷物くらいは持ってあげないといけないですね。今すぐアルバイトを配置するべきです。

〔06年８月〕

シンドラー製エレベーター死亡事故

2006年6月3日、東京都港区の23階建て公共住宅で高校2年生の男子生徒が窒息死した。自転車にまたがったままエレベーターを降りようとした時に、突然上昇したエレベーターの床と建物の天井に挟まれたためだった。事故から9日して開かれた記者会見でも「点検したとき異常は見られていない」と会社側は繰り返した。

冥王星降格

2006年、国際天文学連合の総会で、冥王星が「惑星」でなくなりました。水星・金星・地球…と教科書で覚えたことはウソだったということですか!? いい加減な基準に腹が立ちます！

（月星トオル・三重県）

水金地火木土天海冥…ほんまになんやろな、勉強ってバカバカしいですね。正解でもないことを、なんで覚えさせられていたんでしょう。

歴史でも遺跡がひとつ発見されると、それまでの学説が全部引っくり返されることがありますね。丸暗記していたものが全部役立たずになる。

こんな嘘はおそらく教科書の中にまだまだいっぱいありますよ。

運動部でも、昔はみんなウサギ跳びをやらされましたが、腰に悪いと後から知らされました。「喉が渇いても水を飲むな！　気力でがんばれ！」と教えられて、今はこまめに水分補給をしろ、でしょ。

教科書に載るような「正しいこと」って、一体なんなんでしょうね。昔から小さかったのに、惑星にされていた「冥王星」にも気の毒なことです。〔06年10月〕

松坂大輔

私は松坂投手の大ファンです。メジャー挑戦1年目はオープン戦で打たれ、シーズンに入ってもスッキリしない投球が多かったですね。メジャーの「確認作業中」というのは難しいのでしょうか？（タナカガン・岐阜県）

これは報道の仕方にハラが立ちますね。オープン戦で松坂投手がめっちゃ打たれたのに、これはメジャー打者相手での「確認」作業である、みたいな…温かい書き方をしてましたねー。

そして一方では、イチロー、松井は絶好調！　と書く。

いやいや、対戦相手の投手たちも「確認」作業をしているんじゃないですか。

もう、アホなんかなー、こいつら、と思いますね。どうして、そんなに都合のいい見方（書き方）ができるんでしょうか。

「確認」作業中というけど、松坂クン、キミはねー、ハンパやないくらいのカネ（約60億円）をもらってるんやから、「確認」はオープン戦前にやっといて、と思います。レッドソックスにも、いい打者はいっぱいいるんやから、その人たちに投げて確認作業できると思うんですけどねえー。

あれだけのカネもらっているのなら、たとえオープン戦といえども、バットにかすりもしない球をバンバン投げてほしいものです。だって、大学生にフツーにヒット打たれてましたから。

マスコミはスポーツ選手にはやさしいなー。

そして、タレント（特にお笑い）には冷たいなー。

もしボクが初収録の番組かなんかでスベったらボロクソに言われますよ。

「松本、笑いの確認作業中」なんて、絶対思ってくれないでしょう（笑）。〔07年5月〕

北朝鮮核実験

北朝鮮が「核実験」をしたらしいじゃないですか（２００６年10月９日）。本当にもう、どうしようもないと思います。

（みずみず・群馬県）

　これねー、例えばですけど、クラスでいうところの番長がいるとするじゃないですか。そのヨコで強くもないのにゴマすってる子分がいる。そこへ素行の悪い転校生がやってきて、そいつを番長の「みんなで懲《こ》らしめろ！」という命令で、子分を筆頭にみんなでゴチャゴチャ、ゴチャゴチャやってる…みたいな構図に見えますねー。え〜、番長はアメリカで、子分が日本で、転校生が北朝鮮です（笑）。もちろん、転校生（北朝鮮）はひどいですけど、実は転校生より番長（アメリカ）のほうがもっと悪かったりするんでねー。

　もし客観的な立場に立たないといけない担任の先生だったら、この場合、誰を注意したらいいのかむずかしいでしょう。

転校生は、ナイフ（核）を1本持っているからとものすごく怒られているのに、番長はナイフ1万本持っているのに誰にも怒られないみたいな…。

今回も北朝鮮を100％悪いと言い切れない日本の後ろめたさがイヤですね。声高に「核はアカン」と言うと、向こうから「おまえの後ろに言え、まずそいつに。世界で最初に原爆落としたのは、さてさて、どこの国かな～。よ～く考えてみよう」と言われかねない。

その根本から、この問題は考えていかないといけないでしょうねえ。

ただね、今回の北朝鮮核実験のニュースでいちばん気になったのが日本人の反応のヌルさですよ。このニュースを聞いて、日本でアンケートとっても、3分の1が「脅威と思わない」と答えてました。

これはどうしようもないですね。だって一発撃たれたら終わりですよ。アメリカは日本向けのノドンの迎撃態勢はとっておらずに、米国向けのテポドンミサイル迎撃態勢だけをとっていたらしいですね。日本なんて、守る気ないんですよ。

ライス長官が来日して、これからはノドンも監視すると約束しに来たんですか？　信じていいのかな～。今までも一応は守ることになっていたんでしょう。いつまでも番長に頼る子分の立場でいいのかな〜、と思ってしまいますね。万が一、日本に核が落とされたら…、世界の歴史で、原爆は3発とも日本に落とされることになるんですか?それだけは絶対に勘弁してほしいです。

〔06年11月〕

猫殺し

作家・坂東眞砂子氏が新聞で子猫を崖下へ放り投げ殺しをしていることを発表し論議を巻き起こしました。松本さんは正直どう思われますか?

(デビット・鹿児島県)

この問題は深いですよ。浅いところで考え、理解して、騒動にしてはいけないんじゃないでしょうか。

結婚を考えた時、「相手と結婚する」ということは同時に、「相手の子孫、そして祖先と関係をつくる」ということなんです。これはみんな納得できると思います。

だから、「ペットを飼う」ということは、本来、「このペットの歴史も飼う」ということでなければいけない。

「都合のいい、この瞬間だけ飼う」というのは、いいことではないんです。だから、その動物の子孫を絶やす「去勢」もしないほうがいいと思います。

でも、現実問題としてはそんな深いところまで考えないから、安易にペットを飼えるんでしょう。

坂東氏は「安易にペットを飼う」ということに一石を投じたかったんじゃないでしょうか。

ただね、崖から捨てることはないかなー。落ちる瞬間は、（子猫も）怖いやろし。

〔06年10月〕

下着泥棒&陳列警察

先日、下着泥棒にあいました。すっごくお気に入りのブラとパンツを盗まれたんです！　もう、ちょ～ショックです。

（アヤアヤ・山梨県）

下着泥棒ですか～。ボクね、こういった事件があった時にいつも思うことがあるんですよ。

下着泥棒が捕まると、盗難被害にあったパンツとかの現物をズラ～ッと警察が（シートの上に）並べますよね。それを新聞やテレビのワイドショーが全国に放映しますよね。

あれ、ダメでしょ～。

パンツが盗まれた上に、（警察が押収してくれたとはいえ）被害者はなんで（実物を）世間に見られなきゃならないのか。

あれは完璧にプライバシーでしょう。

ボクが被害にあった女性なら「やめてよ！」と声を大にして訴えたいはずです。誰の権利で勝手にテレビで映し出しているのか。こういうのを見て興奮する模倣犯も出てこないとは限らないし。

これはやめるべきです。

警察も発表の仕方が間違っているというか、「みせしめ」にもなっていないし、わざわざ映像で残す必要もないはずです。大麻やコカインを押収しました、という証拠の映像とはまったく別物ですからね。

また、CDや本が売れて、「積み上げるとこれだけになります〜」とテレビでわかりやすく紹介するのともワケが違うと思います。

「押収された下着は5千枚でした」と淡々と言うだけでいい。被害者にしたら、あんな映像を出されたら、泣きっ面にハチでしょう。

並べている警察の連中も面白半分にやっているに決まっているんです。「ここらへん、赤が集中しているから、もっと散らばして」とか「このへん、紫コーナーつくろうぜ」、とか。「うわー、これエロイなー」「どれどれ、見せてー、うわー」、とか。

並べるヒマがあったら、仕事せい！　と思います（怒）。婦人団体とかは、本当はこういうのにクレームつけないといけないですよねえ。

〔06年8月〕

宇宙旅行

元ライブドアの人で、23億円払って宇宙旅行しようとしていた人が、メディカルチェックで落ちて宇宙に行けなかったですね。23億払って、それってヒドくないですか？

（星野鉄・宮城県）

宇宙に連れていけない病気って、なんなんですかねえ。相当、菌をまき散らすタイプの病気だったんでしょうか（笑）。まあ、それは冗談として、本人は残念だったでしょうね。

でも、ボクは宇宙へ行きたい人の気持ちが全然わかりません！

もう絶対、家におりたいわ。宇宙になんか行きたくないです。

テレビの『世界ウルルン滞在記』とかでも、「（外国の）よくあんなとこへ行くなー」と思います。

ああいうネイチャリング・スペシャルみたいな旅を好きな人、たくさんいますよねー。

青い地球を外から見てみたいか？

それ、みんなよく言うでしょ。でも、それをするために事前の検査をしたりトレーニングしたり、かなり時間がかかるじゃないですか。

……やりとうもないです。

エッフェル塔？　見なくていいです。

グランドキャニオン？　いいです。

それより家で寝たいです。

外国ねえー。

コンコルドみたいなんで往復3時間で行って帰ってこれるなら、行ってもいいです。

そして（帰ってから）家で寝ます。

ボクは家で寝たいんです。

（自分の家という考えが大事で）もし結婚して、「ここはオレの家であるけど嫁の家でもある」などと考えることになれば、それは「自分の家」ではないのでなかなか寝られないかもしれません。この考えでは「結婚」は無理ですね（笑）。

家ねー…、なにをもって「自分の家」というか、ですか？

まず1ヵ月以上住むことが必要ですね。引っ越ししても1ヵ月以上住んだら「自分の家」になります。

だから、旅行も1ヵ月以上同じところに滞在したら、ひょっとしたら「自分の家」になるかもしれません。

『世界ウルルン滞在記』は、わずか1週間くらいの滞在ですから、あれは完全な旅行ですね。

（あれも、もし）1ヵ月以上の滞在なら、ボクもどこかで開き直るでしょうね。

まあ、「1ヵ月以上でじっくりどうですか?」という依頼がきても、絶対受けないですけどね（笑）。

今回の宇宙は、面倒に加えて費用が23億円じゃないですか。23億って（笑）。金額がギャグですよね。

23億円払わなくてもね、たいていのことはできるはずです。

宇宙に関しては前例がないからって、少しふっかけられすぎてる気がします…。

〔06年10月〕

いじめ自殺

教師がいじめに加担していて生徒が自殺してしまうという残念な事件がありました。その後も、いじめを苦に自殺する子供があとを絶ちません。本当に、この「いじめ社会」に腹が立ちます！

（隣のホシノ・東京都）

もうこれ以上の自殺者が出てほしくないので、あえて言わせてもらいます。

こういうことがあるたびにいつも思うんですが、確かにこのニュースでは教師も悪いけど、いちばん悪いのは「自殺すること」だという大事なことを、マスコミは伝えないといけないでしょう。

「自殺したコがかわいそう」という一面からしか伝えないから、そのニュースを聞いた、いじめられているコの（あと追い模倣）自殺が減らないんです。

「あ、自分も死んだら、みんなが味方になってくれるんや。実家へひとりずつ来て、なかには泣いて謝るコも出てくるんや」と思いますよね。

いちばんアカンのは自殺することである、とマスコミがきちんと言わないとイカンのです。もちろん、自殺するコは本当に苦しかったんでしょう。そこまで追い詰めた、いじめたコや教師も悪いと思います。ですが、自殺してしまってはなんの解決にもならないのです。残された両親や親族のツラさは想像できないほどだと思います。

中立の立場にある報道の人間は、「自殺がいちばん罪が重い」ということを、あえて心を鬼にして言わないといけないんじゃないでしょうか。

自殺を考えるコは弱いコたちですから、誰かの助けが欲しいわけやし、みんなに味方になってもらいたい。

今のままだと、例えばボクでも、いじめられていたら「今、オレが死んで遺書でも残したら一矢報いられるかもしれない」と思いますもん。

「自殺しても、なんの解決にもならない」と、ニュースで識者やコメンテーターたちの誰もが言わないのはなぜなんでしょう?

ベタなことを言いたくもないのですが、結局おまえらマスコミのやり方がいつもこんなんやから、永遠に世の中から「いじめ」がなくならないんやで…と思います。

校長が「いじめ」という言葉を使わずに、「プレッシャー」という言葉を使ったことをマスコミは盛んに取り上げて非難していましたが、そんな重箱の隅つついてどうすんねん。その報道姿勢自体が立派な「いじめ」です。客観的な立場から責任をしっかりと追及していくべきでしょう。〔06年12月〕

個人情報流出

ウィニーウイルスにより、個人情報流出が続発しています。勝手にヒトの秘密を公開するな！〔ミズノアキラ・徳島県〕

ウィニーウイルスによって、個人情報がジャジャ漏れですよね。その割に、流したほうは、すみませんでした、のひと言で終わってますよね。ちゃんと責任とってほしいです。

でもね、一般人がなんでそこまで個人情報に敏感になっているのか、という疑問は正直ありますよ。タレントは、情報が流れるとホントにいろいろ大変なんですよ。

そうそう、最近、近所で断水があったんです。わりと大規模で、深夜0時〜午前5時の間、10日間にわたるものでした。昔のボクなら、その断水自体にキレてましたが、今はすっかりオトナになったので穏やかに対処してたんです。

ところが、ある日、午前2時くらいに水が出るんです。

で、もう終わったのかなと思い、電話して「あしたは工事があるの？　ないの？」と聞いたんです。そうしたら、調べるからお客さんの電話番号を教えてくれませんか、ときた。いやいや、ボクのほうから5分後にかけるからと言ったんですが、けっこうしつこく電話番号を聞いてくるんです。おまけに細かい住所も。これはハラ立ちました。なんで、工事が終わったかを知るためだけに住所や電話番号を公開しないといけないんですか。

芸名つけとけばよかった？　デビューする時に、普通はそこまで考えないですねえ。

若い頃、ファンが家まで押しかけてきたのでビックリして、「誰に聞いたんや？」と尋ねたら、「交番の人が教えてくれた」と言われて仰天したことがありました（怒）。

そんな親切、勘弁してほしいです。

〔06年6月〕

異常気象

誰に向かって怒っていいのかわかりませんが、異常気象にムカついてます！　雨は降りすぎるし、天気がいいと暑すぎるし。天気のアホ〜〜〜！

（マイナス＋・東京都）

梅雨で腹立つのがテレビの天気予報ですね。「もうすぐ梅雨明けです」みたいなことを言う時に、梅雨が明けたらまるで「毎日が晴天」みたいに言うじゃないですか。梅雨明けイコール毎日晴天…なら、それは待ち遠しいけど、梅雨が明けても雨の降る日はあるし、日照時間の短い夏もあるし、そのへんはどうしてくれるんですかねえ。

それにしても、「天気が悪い」ですねえ（怒）。

この何年間、ずっと天気がよくないです。ボクらが子供の頃は、もっともっと天気がよかったような気がします。

集中豪雨なんかも、異常に（全国的に）多くないですか？

水不足の時は、ちょっと雨が降らないとすぐ「水不足が心配されます」とか言いますが、こんなに集中豪雨きてるっちゅうねん。転ばぬ先の杖《つえ》もはなはだしい（怒）。

まあ、これは高度成長時代にスモッグで空気を汚し、砂利道をアスファルトで埋めつくした（自然を破壊してきた）しっぺ返しがきているのかもしれませんが、この「天気が悪い」現象は、これから先、もっとひどくなるんでしょうねえ。

暑い夏の過ごし方ですか？

ボク、夏はよくＢＶＤのＴシャツを着るんですが、これはいいですよ。涼しいです。本当に涼しいです。

ＢＶＤからはなんにももらってないですよ（笑）。

最近は、あまりに涼しいので、クーラーのある部屋だと、普通の（やや生地が厚手の）Ｔシャツを着るようになりました。

ボク、自分が寒がりやと思っていたんですが、最近気づいたんです。ＢＶＤのＴシャツって肌着だからちょっと薄めなんですよね。そういえば、乳首も薄っすらうつり気味ですし（笑）。ふつうはこの上にワイシャツを着るらしいからこれでいいんでしょう。

いずれにしても、クールビズを実践するならＢＶＤの肌着がいいです。

でも、最近はどこもかしこもクーラーがガンガンに効いているので、一枚羽織るものを持っておかないといけません。お店とか映画館とか、（クーラーが強すぎて）たまらんとこありますから。あれ、誰に設定温度を合わせているんでしょうねえ。

グアムへ行った時もボクは絶対風邪をひきます。

建物の中に入ったら（寒さ知らずの白人用のガンガンの）クーラーがどこでも効きすぎてますからね。

あの寒さが心地いいなら常夏のグアムに来る必要ないでしょう（怒）。

〔06年9月〕

国民投票法

松本さんは「国民投票法」についてどう思いますか？　早く通して、大事なことは僕たちに決めさせてほしいですよ！

（文修・山口県）

ボクは、国民が（国民投票で法案を）決めるのは決していいことだとは思ってないんです。

だって国民はなんにも勉強していないんだから、むしろ（よく研究している）専門家が決めたほうがいいんですよ。

ただ、専門家が国民を納得させられるように、もっとしっかりしないといけないんです。国民投票というのは、国民のアホな意見をたくさん取り入れるという面もあると思います。

18歳から参加させるとかいう案もあるらしいですが、むしろ逆ですね。

今はみんな幼稚になってるから、どちらかというと25歳くらいとか、年齢を引き上げたほうがいいと思います。

〔06年7月〕

ウサギでサッカー

命を大切しない事件が多く、悲しすぎますね。松本さん、世の中は一体どうなってしまったんでしょうか?
（三宅潤也・宮城県）

18歳の無職少年3人がウサギをボールに見立ててサッカーをし、死骸を袋に詰めて池に沈めたという事件があったんです。（編集部注→2006年2月16日付。東京都江東区の小学校で児童が飼育していたウサギ「ゆきのすけ」を、無職少年3人がサッカーのインサイドキックやボレーシュートのように15分間蹴って殺し、運河に捨てたことが判明。動物愛護法違反などの疑いで逮捕。うちふたりは同校の卒業生だった）
考えられますか? これは本当にハラ立ちました。
なんなんだ、これは? ですよ。なぜウサギを（死ぬまで）蹴れるんだ? と思いますね。いったい、なにがおもしろいんだ? と。
これは根が深くないっスか。こいつらは鑑別所へ行くわけでもなく、条例でちょっと取り締まられるだけでしょ。まあ、こんこんと怒られて終わりでしょう。

ウサギを（死ぬまで）蹴れるヤツって、気持ち悪くないですか？

こういうことを言うと、あの3人は「おまえら、ブタやニワトリを食ってるやんけ」と言い返すかもしれません。でも、それにはこう答えたいと思います。「うん。食べてるけど、蹴ったことはないで」、と。

ウサギを蹴れますか？　もちろん、ボクは蹴れないですよ。力入らないです、そんなもん。

ウサギを使ってサッカーして、死なせてしまったということはホンの遊び心ではないですよね。

動物を「独り」でこっそり殺す奴がいるのは、まだ想像がつくんです。

レイプ然り、バスジャック然り、バラバラ殺人然り。（ボクは絶対に）やらないですけど、いきさつをある程度、理解はできると思います。

でも、3人でウサギを（ボールのように蹴って）パスする気持ち悪さは、まったく理解できないですもん。

こいつら、どうなんやろ？　今後どうするんやろ？

また、ほかの事件で、「夫婦喧嘩で嫁にアームロックをかけ腕を折って、そのまま病院にも連れていかずにほうっておいて、十何日後に嫁が亡くなった…」という事件がありました。

自分の嫁はんにハラ立っても、折れるまでアームロックかけますか？　おそらく折れた時にボキッと音がしたと思います。

折れたことがわかっているのに、病院にも連れていかない。嫁はんは動けないし、口もきけなかったらしいです。

ちょっと、「心」が理解できない事件が多すぎますね。理解できないという怖さにハラが立ちます。

〔06年4月〕

増える未解決事件

未解決の凶悪事件が増えている気がします。なぜなんでしょうか？　もっとしっかりと捜査してほしいです。警察のチンタラぶりに腹が立ちます。

（ミツキ・愛知県）

確かに、そういうニュースが目立ちますねえ。殺人まで、なんの落ち度もない弱者にいく世の中になってしまったんですかねえ。

警察にはもちろんしっかりとしてほしいんですが、未解決事件を考える時に、ボクは「運」という言葉が浮かんでくるんです。

殺されてしまった人は、ある意味、すごく運が悪かったと思うんです。そして、反対に逃げおおせている犯人というのはすごく運がいいわけです。

なんで、そういうヤツにも「運」（幸運）が平等にあるんでしょう。

たまたま目撃者がいなかったとか、証拠をうまく隠せたとか、「幸運」がいっぱい重なって捕まらずにいるわけですよ。もっと幸運な偶然が重なって、「この事件は事故だ」みたいになってる場合もあるでしょう。その幸運というか偶然のせいで警察も振り回されたりするわけです。

迷宮入りする事件の犯人は、いわば最高にツイてるわけですよね。

人を殺したヤツにねー、なんで運というものがあるんでしょう。まったく、いらないですよね。本当にね、腹立たしいです。

ボクなんかね、なんにも悪いことしてないのにもかかわらず、運が悪いことがあるわけですよ。病気になったり、写真週刊誌にいい加減な記事をいろいろ書かれたりねー。こんなに人を笑わせて幸せを振りまいているのにですよ！

で、また重ねて腹立たしいのが、写真週刊誌のヤツらにも同様に運がありますからね。たまたま同じ店にいたりとか、たまたま車で通りがかってとかで、（有名人の）スクープ写真が撮れたりしますからね。

ホント、「運」の平等ってどうなんかなーと思います。

広島女児殺害についてですか？　なんだか、ペルー人の犯人は「自分は悪くない、体の中に悪魔が入ってきた」と主張しているようですね。それなら本人の主張するように無実でいいですけど、どうせまた（彼の中に）すぐに悪魔が入るのだから、ずっと刑務所に入れてあげてください。

その代わり、ボクの中にも悪魔が入ってきたら捕まえてください。

もう入ってこないと犯人は主張している？　いやいや、これまで何回も入ってきていて、かなり悪魔の大好きな「体」らしいですから、すぐ入ってきますって。

サリチル酸保険金殺人のフィリピン人女性に関してはなんともいえないです。

ほんとにそうかもしれない。そうでないかもしれない。

和歌山ヒ素事件にしても、絶対という証拠が出てきていないですもんね。

確かな証拠か確実な自供がないと、こういう事件に関しては、ボクはまだどちらとも言い切れないと思うんです。

〔06年7月〕

少女監禁事件

少女や女性を監禁する事件が全国で起こりました。ゲームの世界を現実化してしまっているという指摘もあるようですが、日本の男はおかしくなってしまったのでしょうか。

（加賀克哉・宮城県）

少女監禁ブーム？　確かに模倣犯も増えていたようですから、ある種のブームだったのかもしれないですね。

でも、これは本当に怖いことで、このままエスカレートしていくと人身売買にもつながりかねないんです。ネット上で子供のやりとりが始まる恐れもありますよ。顔を知らない同士ですから、なんだって起こりえるわけです。きっと人身売買に近いことはもう始まっているんじゃないでしょうか。東南アジアの小さな女のコの問題も心配ですし、親が子供を産んでも役所に届けないことだってありえるはずです。

でも、ボクは絶対に監禁ゲームみたいなことはできないですね。点数稼ぎを言うつもりはないですが、ボクはみなさんよりも情が厚いと思うんです（笑）。どうしても、そういうことをやっているうちに相手に情が移ってしまいますからね。監禁したらその子の人生を考えてしまうじゃないですか。それに手錠をかけたり、首輪をしたりっていうのはSの発想でしょ？　Mのボクからは、わからない嗜好《しこう》です。相手がかわいそうになるんです。

とはいえ、ややこしいのは、この種の事件では女性が最初のうちにどれだけ嫌がっていたのかがわからない点なんですね。本当に100％逃げられない状況だったのかどうか。恐怖で体がすくんで抵抗できなかったという説もわかりますが、ソフトSMプレイとの線引きは、実はかなりむずかしいだろうなあ、と思います。

何度も言いますが、ボクは監禁ゲームは楽しくないです。どちらかを選べといわれたら、監禁されるほうが興奮するかなぁ（笑）。しませんけどね。

「精神的な監禁」のほうがまだわかりますね。こちらのほうがより興奮するでしょう。「征服欲」ですから。別れた女の子がいつまでもボクのことをひきずっている感じかな。別れてボクのことを悪く言う女はいないですし。

どうしても監禁ゲームをやめられない人には、より高度な精神的な監禁をできるような男になれと言いたいですね。ただ、これも考えようによってはよりタチが悪いというか、罪は重いのですが（笑）。

報道が正しいとすると、少女を監禁する犯人は子供の時からなんでも与えられてきた人間だそうじゃないですか。そういうなんでも与えられた人間って、やはり「我慢」ということができなくなるんでしょうねえ。ボクなんか小さい時から彼と環境は真逆で、なんでも「我慢しなさい」と言われて育ってきたので、その貧乏性がしみついているんですよ。

オモチャ屋の前で「買って〜買って〜」とダダをこねる子供がよくいますが、ボクは絶対にそういうことをやらなかったですもん。だってオカンに金がないんやもん、ない袖は振れないじゃないですか（笑）。だから、子供の時には友達みたいにオカンの財布からカネを盗んだことがないですもんね。盗ったら、その日の晩のオカズにハネ返ってくることがわかっていましたから（笑）。

小さい頃から「我慢」せずに育ってなんでも自分の思いどおりになると考えている人間が増えたのは、やはり少子化がイカンのだと思います。数が少ないものだから子供が貴重なものになってしまったわけです。だから親がなんでも与えてしまう。体だけ発達しても親のすねかじり度の期間がどんどん長くなってますからね。オヤジの退職金で二世帯住宅建てていますから。40代の男がですよ。そこまですねかじるか…と思います。

洗剤のCMでも、子供が真新しいTシャツをカレーかなんかで汚して、その汚れが酵素で分解されて白さが戻る…というようなのがありますが、「その前にTシャツを汚したガキを母親がきちんと叱れよ！」と言いたい。まず子供をドツかんかい。あれ、ハラ立つわ。

いつから、こんな日本になったのでしょうね…。というか、例えば、いつから教師は生徒に手をあげられなくなったのでしょう。

やっぱり少女監禁をしてしまうようなアホをなくしていくには、前々から何回も言ってますが、
①徴兵制をつくる
②教師の体罰を復活させる
このふたつのうち、どちらかを実現させるしか手はないのではないでしょうか。

〔05年6月〕

カニ漁船拿捕《だほ》事件

北方領土でカニ漁船が拿捕されて乗組員が射殺されました。射殺ですよ！　どうしてカニを獲っただけで射殺されないといけないんですか⁉　（水谷真二・北海道）

これは不愉快な話やなー。日本は、しかし、外国からいじめられまくってますねー。「日本人が外国人を殺した」という事件なんかほとんどないですもんね。日本の中のこと（靖国参拝など）では文句を言われ、日本の外でカニ獲ったら殺される。なんか不思議な国になってきましたねー。不思議という個性はあるんですけど、今の個性は好きじゃない個性ですね。

この根本は戦後処理の誤りにありますね。その誤りを、われわれが受け継いで正していくのもしんどい話です。日本の今の「国際的な立場の弱さ」って、やはり第二次大戦の戦争責任が大きいと思うんですけど…戦争には時効がないんでしょうか。殺人なんかの凶悪犯でも時効が25年なのに、戦争終わってもう60年ですよ。

「当時のことを詳しく知る人がいなくなって捜査がもうできない」というのが時効の起源とするなら、戦争も同じでしょう。戦争を知らない子供たちには、教科書で習った以上のことはわからないですもん。

もちろん、反省すべき点は反省すべきだと思いますが、戦争にも時効をどこかで設けないと、いつまでたっても変わらないいんじゃないでしょうか。

今の日本に他の国の領土を新たに攻める気など毛頭ないでしょう。この前、ニュースを見ていたら、「日本人は領土問題でこじれたら攻めてくるに違いない」とコメントしている外国の若者がいましたが、「いやいや、そんな気は本当にないから～」と、若い世代がもっともっと言っていかないとダメですねえ。

〔06年10月〕

カニ漁船拿捕事件
2006年8月16日、北方領土・貝殻島付近で操業中のカニ漁船「第31吉進丸」をロシア国境警備艇が銃撃・拿捕。甲板員1名が死亡した。

クールビズ

いつの間にかクールビズが当り前のようになりました。ノーネクタイ・ノースーツはうれしいのですが、室温が28度というのは暑すぎます。

（毅・埼玉県）

クールビズというのは、意味がないような気がしますね（笑）。だって、誰がトクするんですか？　今の段階ではマヌケな感じがします。長いあいだ「仕事の場ではスーツ姿」と刷り込まれてきたためか、なんだか不自然な感じがしてなりません。「謝りに来い！」と命じたのに、そいつがノーネクタイでチャラチャラと来たら、やはり、「あれ？こいつ、反省してないのかな」と思ってしまうところがボクらの中にはありますからね。

しかも、政府推奨の設定温度が28度なんですか？

本当に議会や首相官邸では室内温度を28度まで上げたのでしょうか。本当にそんなギリギリのとこでやってるんですか？

だって、28度っていうのは十分に暑いですよ。28度に合う衣服というのは、ボクの記憶から考えるとランニングにならないとたまらない暑さです。

政府がいっているのは、まず温度ありきなのでしょう。別に28度なら28度でいいですけど。でも、議会や首相官邸では28度まで設定温度を上げていないと思いますね。わかりませんけど。

だって、普通オフィスのクーラーって何度くらいにしているんですか？ 23度くらい？ ということは、28度ってめっちゃ暑いじゃないですか。絶対に官庁は28度までは上げてないですって。

ネクタイもね、ボクは人の上に立つ人はちゃんとしていたほうがいいと思うんですよ。『ガキ使』のトークでは、浜田がカジュアルファッション、松本がスーツと、スタイリストさんが対照的なスタイリングしてくれていますが、ボクは締めさせられているネクタイがそんなにイヤではないですね。嫌いではないです。そのスーツ姿の印象がよほど強いのでしょう、時々、街中で「あれ？ 松本さん、今日はスーツやないんですね」とか声をかけられたりしますよ。

あ、でも私服ではボクはネクタイを一本も持ってません。買ったこともありません。スーツも同じですね。プライベートでは話は別です（笑）。

〔05年8月〕

長者番付

2005年まで長者番付が発表されていました。当時はサラリーマンの人が「納税額1位だ！」と所得をマスコミが大々的に発表してしまって大丈夫だったのでしょうか。

(青木雅士・奈良県)

古い話ですね。すっかり忘れてました。

まあ、あのサラリーマンの人はたまらんかったでしょうねえ。宝クジ当たった人の名前と勤め先をテレビや新聞で公表しているようなものですから。スポーツ紙には何百位まで出ていましたが…。

芸能部門でお笑いが上位を独占(とんねるず・ダウンタウン・爆笑問題)するのはいいことか？　むつかしいとこですねえ。これはその人の能力次第ですからねえ。「もうちょっともらってもええんちゃう？」という人もいますから…。

おもしろいなぁと思うのは、いつも浜田がボクより上なんです(今回は浜田5位、松本7位）。ツッコミのほうが生涯賃金が上なんですよ。仕切りができるほうが稼げるということです。浜田なんかは、やろうと思えば結婚式の司会でン100万稼げるでしょう。ボクにはできないですもん。でも講演は逆で、ボクのほうができるかな？

ともかく上から20～30位くらいの人は、みんなもっと稼げる人たちばかりですから。ボクだって、ふんどし締めてかかればもっと稼ぐことができるでしょう。ただ、これ以上稼ごうと思ったらイヤなこともしなければならないし、キタナイこともしなければ無理でしょう。

時々、「今年、7位なの？　落ちたんちゃう？」とか言われることがあるんですが、勝手にレースに参加させられてしまったなぁと思いますね。「めっちゃオレは金稼ぐで」と一回でも宣言したか、という話です。

運動会で順位を決めないでおきましょう…というのならば、こっちの順位づけもやめようと考えてほしいです。

〔05年7月〕

小6女子殺害事件

23歳の塾講師が、「交際を断られた」と小6の女子を殺害した事件（2005年12月発生）。なんでこんなことが起こるんでしょうか？　もう、ハラワタが煮えくり返るほどの激しい怒りを感じます。

（セイショウ・北海道）


この事件、娘がおる人は特に怒ってますね。許せない！　と。ボクも本当に痛ましい事件だと思います。

ただ、あえて言わせてもらうと、ボクは殺された人の年齢によって、世の中の怒りのテンションが変わることに、ピンとこない部分があるんですよ。

世間って、子供が殺されるとテンション上がりますよね。ワイドショーでも、ものすごい騒ぎだすし、みのもんたもウーッと怒ってるでしょ。

でも、じゃあ、じいちゃん、ばあちゃんが殺された時となにが違うのか。

こういうパワーって、正義感をふりかざしているようで、実は人の命を差別してないですか？　じいちゃん、ばあちゃんは、もう十分生きた？　じいちゃん、ばあちゃんも、生きすぎたということはないわけです。まだまだ生きたいと思っているはずです。

それなのにお年寄りが殺されても、子供の時のようにはニュースにならない。

子供を持つ親たちが、我が子のことを考えて怒りのテンションが高くなるんでしょうねえ。もちろん、その気持ちは当然だと思いますが、命への関心は平等であるべきだと思うんです。ボク、おかしいでしょうか？

子供を猫可愛がりする人がいる一方で、子供を虐待する人がいるということは今の日本の大きな問題ですね。なんか風呂の追い焚きみたいで、熱いところばかり熱くなって、うまく全体が温まってない気がします。うまく混ぜて全体を適温にできないですかねえ。

でも、まあ、塾講師が生徒を好きになることは昔からあったと思うけど、殺人とは…。これは親としてはたまったもんやないですね。だから、ボク、心配で娘はいらないです。息子のほうがいいかなー。

車で遠出をするとよくわかるんですが、少し郊外のほうに行くと、小学生の女のコがひとりで歩いているのをよく目にするんです。

見てるだけで心配になります。大丈夫かなあーと。

昔は、見つけてもそんなことを考えたことはなかったんです。でも最近は違う。携帯とかブザーとか持たすのは、持たさないよりはいいでしょうけど、その女のコがどう理解しているのかが問題でしょう。

やはり性教育をちゃんとしなきゃいけないんじゃないですか？

子供がブザーを持たされますよね。「なんで？」と尋ねる。親は「変な人がいるのよ」と答える。その時、女のコは絶対に「ん？」と子供心に感じるはずなんです。ここをおろそかにしたまま、いくら対策を講じても、根本的な解決というか護身にはならないと思います。

あと、マスコミも少なからず加担してますね。

幼い女のコの特集とかよくやってるでしょう。ともかくアオリすぎですね。いくら視聴率や人気があったとしても、連想で犯罪が生まれることもありますからやめるべきでしょう。

〔06年2月〕

年金未納問題

年金問題は本当にハラが立つのを通り越してあきれてしまいます。自民、民主、公明、社民と、すべての党に未納者ぞろぞろではありませんか。マジメに支払い続けることがバカバカしくなります。

（神奈川県・達史、ほか多数）

年金ですか？　ええ、国民年金に入って、毎月払っています。幸か不幸か（笑）、払ってますね。20歳の頃、保険証をつくる時に一緒に加入して、けっこうまじめに払ってます。

今回の騒ぎで、いかにみんなが払ってないのかがわかってびっくりしました。40年間、毎月1万何千円か払って…ということは、年間15万円として15×40＝600万。年金がもらえるようになる65歳を過ぎて（いや、70になるかもしれませんが）毎月4万いくらもらえるとして年60万として60×10年で元がとれるのか…。ということは、10年以上、長生きすればするだけ得をするのですね。へえー。

ちょっと待ってくださいよ、今までいくら払ったのか、年15万×20年＝３００万円か。年金が破綻するんだったら、払った分だけは返してほしいですねえ。返してくれないでしょうが。

それにしても年金問題ねえ…。

制度が複雑だから未納者が増えてしまうんだと思いますよ。電気やガスだと、料金未払いだと止められてしまうからちゃんと支払い続けるじゃないですか。支払わないとどうなるのかがはっきりしている。そう考えると、これからは払ってない国会議員の背中には朝起きたらジジイが乗っているような制度でなければいけませんね（笑）。

〔04年6月〕

国民年金未納問題

２００４年、国民年金の加入、納付をうながすＣＭに出演していた有名女優の未納が発覚。さらに当時の小泉内閣閣僚、与党、さらには野党議員でも未納、未加入が大量に発覚した。

女性専用車両

電車の女性専用車両って本当に必要なんでしょうか？　他の車両が混む原因になるだけだと思うんですが。

（西山孝之・神奈川県）


女性専用車両ですか。こういうのを設けるのなら、電車まるごとにしたほうがいいでしょう。10両連結の1両（たいていは最後尾）だけにするからややこしいことになるんです。深夜のある時間帯、1時間に1本くらい女性だけの電車にしたほうがいいでしょう。これに乗り遅れたら、それは「（乗り遅れた）あんたが悪い」わけですから。

ただ、ボクには痴漢をしたいという欲望がないんですよね。U先生の「手鏡を使ってスカートの中を見たい」という衝動は、ボクにはまったくわからないです。そんなもの、全然見たいと思わないですよ。

あれは、なんなんでしょうねえ？　単純に若い時の性衝動を卒業しきれていないとしか考えられません。彼も不幸なことに「スケベを卒業していない人」なのかもしれませんね。そういう人って早婚の人に多いかもしれませんよ。

卒業する前に結婚してしまって、あまり悪い遊びができなくなってしまった人とかね。

あと、写メールで下世話な写真をみんなで撮って見せ合いっこしてますが、ああいうものにもボクは全然、興味がないんですよ。どーでもええですわ。でも、みんなは「見せて、見せて」と言ってますねえ。知ってる女のコならば興奮するかもしれませんが、ふだんの顔もわからない女の、その手の表情のなにがおもしろいのでしょうか。

いやー、みんな好きですねえ。ほんとにデジカメとカメラつき携帯電話は、とんでもない事態を生み出しました（笑）。

そうそう、女性専用車両でした。ボクは会社勤めをしたことがないのでよくわからないのですが、なぜもっとラッシュアワーの時間帯を、みんなで組織的にずらさないのでしょうか？　例えば、男性と女性の通勤時間帯を1時間か2時間ずらすだけで、かなり体が密着するラッシュは緩和されると思うのですが…。時差出勤を奨励するというレベルだけでなく、もっとおカミ主導で徹底すれば痴漢騒動などなくなると思うんです。

ボクも大阪時代に劇場を往復してた頃は、ラッシュアワーにぶつかることがあって、ムラムラくるのもわからないでもないんです。

だから、ズラすのがいちばんいいのと違うかなあ。同じ季節、同じ時間に通学・通勤するのは、ここまで人口密度が高まった今日なのですから、政府レベルで本格的に見直していいと思います。

〔04年8月〕

NHKの不祥事

ＮＨＫの紅白のプロデューサーの使い込みにはハラが立って仕方ありません。われわれが払った受信料を愛人とのハワイ旅行に使っていたとは…。みんなで、当分の間、受信料を払うのをやめるべきです。

（一平・東京都）

ＮＨＫの受信料ですか。ＮＨＫは（タレントとしては）ほとんど出てないですね。紅白（Ｒｅ：ＪＡＰＡＮ）の時も、出てあげる、という感じでした。それなのにね、初出場のメンバーが集まる記者会見で、職員の人が最初に「このたびは、おめでとうございます」と言ったんですよ。「えっ？」と思いました。すっごく、そのまま帰りたくなったのですが、間寛平さんや花紀京さんら先輩の方と一緒なので我慢しました…。あの時にも逮捕されたプロデューサーはいたのかなァ…。挨拶されてるかもしれません。

えっ、使い込んだ額は４８００万円？　愛人とハワイ？　なにをしてるんでしょう。

でも氷山の一角でしょうね。

だけども、紅白のプロデューサーの使い込みに関しては受信料の私物化という部分だけが注目されがちですが、その分だけ番組が華やかさに欠けていたということでもあります。セット経費削減と同じことですから番組の内容に影響が出ているんです。そこをもっと突かなければいけないでしょう。

受信料は初めてひとり暮らしをした時に、慣れていないんでついつい払ってしまいました。ひとり暮らしをするというのでテンションが上がっていたのでしょう。新聞とってみたり、牛乳とってみたり。牛乳はさすがに今はないか…。とりあえず一回払ってあげましょう、という感じでした。当時で1ヵ月千円くらいかなァ。びっくりするほど高いものでもなかったので。

ただ、一回払ってしまうとリストに載ってしまいますね。「この家は払う」と思い込まれたら、その後は「取り立て」に近いものがあります。集金の人の給料は出来高なんですか…だからかなァ、新聞の勧誘みたいでした。

払うべきか否か？

個人差がありますね。ボクはＮＨＫの番組が好きなので、払わないといけませんね。

ただ、代わりにといってはなんですが、ＮＨＫの出演料って、びっくりするくらい安いんです。あれは納得できません。例えば紅白でも暮れの忙しい時に大晦日当日を含め、その前に何日もリハーサルがあるし、面接までされますから。

　面接拒否？　いやいや、浜田なんかノリノリですもん。面接では「当日はどういう衣装で来られるんですか」みたいなことまで聞かれるんです。ほっとけと思うんですが、浜田なんかは「おーい、木本（マネージャー）、当日どういう衣装やぁ？」ですから。

　昔、浜田がＨ　Ｊｕｎｇｌｅ　Ｗｉｔｈ　ｔで出た時に、乱入した演出がありましたが、その時もギャラはものすごく安かったです。Ｒｅ：ＪＡＰＡＮは人数が多かったので、ものすごく安かったのではないでしょうか。

　引越しが多いので感じるのですが、受信料を払うシステムがもっとシンプルになればいいのではないでしょうか。今のシステムって生々しいじゃないですか。集金人とのやりとりしたくないし、銀行振込の手続きだって行く時間がないし、行ったら行ったで、並ばされて、待たされて、呼ばれて…ヤル気がなくなります。

　そもそも受信料の位置づけが曖昧ですからね。義務づけるんなら義務づければいいんです。払わなくても、なんのお咎《とが》めもなしですが、集金人と喧嘩してまで支払いを拒否したいとは思わないでしょう。払うのがイヤだと言ってるわけではないんです。むしろ、一方では民放もそうしたらええのにな、と思うところもありますから。そうしたら視聴率に目くじら立てなくてもいいし、見ないテレビ局には受信料払わなくてすむ。そうならんのですかねえ。

いずれにせよ、ここはカットしないで、ちゃんと載せてほしいんですが、最初に言った「紅白に出場できておめでとうございます」のひと言が、ＮＨＫのすべての体質を物語っていると思いますね。

ボクら、紅白に出るために日夜頑張っているわけではないですから。

このへんの感覚がズレてるなァ。

しかも出演料は安い。「紅白を見せてやっている、出してやっている」という昔からの殿様根性から改めなければ、受信料不払い運動は止められないでしょう。親戚から「紅白出場おめでとう」と言われるのと違いますから。

〔05年2月〕

集団自殺

ネット上で出会って集団自殺するのはなんのため、いや、なんの目的で命を絶ってしまったのかと腹が立ちます。ネットで自殺予告するヤツは本当に許せません。なんとかならないでしょうか？

（みしま1号・栃木県）

まあ、幼稚ですよね。別に、無理心中のように「魂はあの世で一緒に」でもないですから。

インターネットって、ほんまに必要なんでしょうか。いいこともあるかもしれないけれども、悪いこともけっこう多い。アホばっかり集まるし、犯罪も増えるし。

ボクはやらないんですが、一般の人はインターネットでなにをしているのか知りたいですね。買い物？　ボクにはあんまり必要ないかな。ネットの書店が便利といっても、ボクは書籍類は車で買いに行きますから重さも気にならないし。

インターネット集団自殺も、死ぬ場所さえ他人に迷惑がかからなければ、いいんですけどね。ただ、同じ死ぬなら、人生を悟って死んでほしいかな。この現象も新手のウイルスみたいなもんですね。人間が増えすぎないように神が与えたもうたような…。エイズも思ったより蔓延《まんえん》してないし。〔04年11月〕

中学生以下の性交渉禁止条例

東京都では、中学生以下のセックスが禁止されました。こういうことを国家や権力の側が一方的に決めることに怒りを覚えます。（黒須孟・東京都）

条例で罰金制度にするんですか？　そうすると、逆に「罰金をいくら払ったら中学生とセックスができる」みたいになりますね。へえ、性病と妊娠の予防からそういう条例が考えられたんですかぁ。でも、ＳＴＤ（性病）の蔓延といったって、昔からそんなもん流行ってましたからねえ。なんでマスコミは「最近の若い子は」みたいにしたがるんでしょうか。どんな時代にも悪い子供はいましたって。ボクらの周りでも中学生くらいからヤるヤツはヤッてましたよ。

ボクはね、中学生でもセックスしていいと思います。だって、みんな寿命が平等じゃないんやもん。早死にする人は若い時にたくさんヤッておかないと損です(笑)。それに、こういう禁止事項は禁止される対象者が言い出すべきでしょう。一夫多妻制をやめさせたのも結局、モテない男か女からの提案なんです。「おまえが言うな」です。一夫多妻を実行している男か女が「これはアカンわ」と言うのなら説得力があります。同様に、中学生たちが自分から「中学生同士のセックスは禁止にしてください」でないといかんでしょう。

案外、中学生とヤりたくてもヤれないオッサンがくやしまぎれに言ってたりするから要注意なのです。

〔04年11月〕

ＪＲ西日本福知山線脱線事故

松本さんの故郷、兵庫県尼崎で起こったＪＲ西日本福知山線脱線事故については、時間がたった今になっても言葉にならない心の痛みを覚えます。安全だと思っていたのに鉄道会社が信じられない！

（鹿山一男・三重県）

そうなんです。尼崎を通っているＪＲ福知山線はまさにボクの地元でしたので、脱線事故を知った時はすぐに実家に電話をしました。

電話にはオカンが出ましたが、話を聞いて、事故のあった電車に身内は乗っていなかったことと、兄貴が今は東京に住んでいるのですが、月に一回だけ帰ってくる時にはあの時間帯に必ず乗る電車だったということを知りました。つまり、兄貴が事故に遭遇する可能性はあったわけです。今の時点では定かなことはわからないのですが、知り合いの知り合いとか、そのご家族とか知人が犠牲者の中にいるかもしれません。悲しいことです。運転士のご両親もかわいそうですね…。

ボクらが中学へ歩きで行く時、踏み切りをふたつ越えていくのですが、そのうちのひとつがＪＲ（当時、国鉄）福知山線でした。電車が突っ込んだマンションは当時はなかったように思います。あのへんは田んぼでした。だけどもニュースでは田んぼを見かけないですねえ。

ＪＲ西日本はかなり早い時期に「置き石が事故原因である可能性がある」と記者会見して世間の顰蹙《ひんしゅく》をかっています。でも、大きな原因のひとつは運転士のスピード出しすぎ…（制限速度の時速70㎞のカーブ直前で時速１２０㎞を記録していた）。そういえば、事故原因が置き石かもしれないといわれていた時点で、アホが模倣犯的に阪急や阪神の私鉄の線路に置き石をしていたそうですね。

それにしても今回の事故で言えることは「大阪っぽい事故やなぁ」ということでしょうか。１分半遅れた分を、スピード出して帳尻合わせをする裏ワザが運転士たちの間にあった…とか。そんな原始的な…。乗客たちの証言として「スピードが増している感じがした」というのがありましたが、「乗客にバレてどーすんねん」と思います。客がそういう加速に気づくこと自体が異常でしょう。新幹線で１分半を取り戻すのは路線が長いので簡単でしょうが、あの短い福知山線で１分半取り戻すにはよほど飛ばして走らせないと無理ですから。

今後、電車に乗る時に客は真ん中より後ろの車両に乗るようになるのではないでしょうか。後ろは追突される恐れがある？　そういう事故もありましたね…となると、やはり真ん中の車両に乗るのが安全ということになるのでしょうか。

ＪＲ西日本も悪いのですが、記者会見の時に、会見する側が「ただいま原因を究明中です」と言うと、取材する側が「人が死んでいるんだぞ」とか言ってたでしょ。あれ、キライやなぁ。記者たちは、なにかに怒りたくて仕方がないんでしょうが、マスコミは犯人探しに慌てすぎです。

正義のヒーロー気どりで、相手が言い返せないのがわかっているから、ああいう発言をする記者っていつの世にもいますよ。ああいうのがいちばん許せないかな。

移動手段として電車よりも車を選ぶべきかですか？　ボクも仕事の帰りに外で酒を飲みたくなることも多くなったから、「車での移動ではなくてタクシーにしようかな」と悩んでいたところなんですが、スピードの出しすぎで起こった今回のような事故を見せつけられると、「他人に任せるよりは、まだ自分で運転したほうがなにかあった時にあきらめがつくな」と考えさせられますね。もちろん、酒を飲んだら運転しませんよ。

タクシーの運転手のオッサンも、ボーッとした人がなかにはいますから。あんな人に生命を預けられへんもんなあ…。〔05年5月〕

竹島問題

竹島をめぐって日本と韓国は険悪なムードです。韓流ブームがあったり、日韓W杯の時に仲良くなれたのに、どうして領土問題となると過激な愛国心が働いてしまうのでしょう。苛立ちます。（原島一也・東京都）

韓国で起きている日本製品不買運動とかがニュースになりますね。でも、ボクには具体的な問題点がわからないんです。

韓国側が主張する、「ここはもともとわれわれの領土であって…」みたいに「もともと」を言いだしたら、パレスチナも北方領土も、もともとは誰のもんでもないんですから…。

そういえば、こないだ韓国でやったK―1で知ったんですが、向こうでは自国選手以外へのブーイングがすごいんですね。たいしたことのない韓国選手なのに、韓国人だというだけでものすごい声援ですよ。昔の日本人が力道山を応援していた頃のようです。

PRIDEは格闘技が本当に好きなヤツが見に行きますね。

ブラジル人の格闘家でも、能力の高いヤツは応援します。K―1は韓国でやると格闘技に詳しくない人たちが見に来るので、ワーワー騒いだりブーイングが起こるのでしょう。サッカーになると、K―1以上にサッカーそのものに詳しくないファンが応援しますから単純なナショナリズムになるのかもしれません。

若手のタレントでも、ボクが「Aは嫌いや」と言うと、そのまま「ボクもAが嫌いです」と言うヤツがいるんですが、そういうヤツこそむしろ信用できないと思います。やっぱり自分の価値観で判断できるようにならんとアカンでしょう。女でもそういうヤツがいますね。そういうヤツとは長く付き合っていかれへんな、と思います。

それにしても、「竹島問題を母国愛で片づけてしまっていいのかなぁ」と思います。本質が見えなくなってますね。母国愛が強すぎて「愛」が見えなくなってきてますよ。いちばんいいのは、あの海から出っ張っている部分が沈んでしまってくれることです。

誰も住んでない島なんだから…。あの出っ張りがあるから領土問題が起こるわけですから、いっそ「なかった」ことになってくれればいいんですよ（笑）。

〔05年5月〕

放火

ドンキが大好きなんですが、放火騒ぎが始まってから、まるでドンキの商品陳列の仕方が悪いかのように騒いでいるマスコミの報道に怒りを感じます。ドンキはあくまでも被害者だというのに。

（内藤久則・埼玉県）


そうなんです、ああいうのを見ると、テレビのニュースってイヤだなぁと思うんです。最初は放火犯を取り上げていたのに、なかなか犯人が見つからないとなるとカメラで撮影するところもリポーターが取材する相手もいないので、「ドンキの商品の陳列（圧縮陳列）の仕方に問題がある」と有識者たちが言い始めるでしょ。「やっぱり、そうきたか」

と思いましたね。確かに、圧縮陳列に対して消防庁の立ち入り検査が入っていたか知りませんが、問題は「放火」のほうですから。

ドンキ側の失火が原因だったら「ドンキ悪人説」でいいですが、「放火」なんですから。ドンキは被害者なんですよ。しかも従業員の犠牲者も出ている被害者を前にして今、そこを言うのはやめようや、ということです。ところがワイドショーのコメンテーターは「ドンキにも非がある」と言う。なんや、放火犯擁護かい。なんか焦点がブレてるというか、いかにマスコミというのは一本スジが通ってないかということがわかる。というか、ほんまに腹立たしいです。

放火犯に狙われたら、カラオケ店だろうがデパートだろうが、絶対、火事になるんですから…。あらゆる検証が終わって、犯人が捕まってからドンキの圧縮陳列について語りましょう…ならいいですが、今言うことではない。しかも、当のマスコミはこれまではドンキの急成長を支えてきた圧縮陳列の方式をほめていたんですからね。犯人がはっきりとしないから、ドンキ叩きに方針転換したのでしょう。これがマスコミのトップの判断でニュースを流すから始末が悪いんです。

この放火の犯人が、仮に、仮にですよ、例えばボクら芸能人だったら、おそらくマスコミは「ドンキ、かわいそうー」の大合唱でしょう。犯人の身辺や経歴の粗探しをして、実家へ押しかけて、リポーターたちは叩きたいだけ叩く。「どっちが視聴率稼げるか」だけの判断でニュースをつくるなと言いたい。

今、ニュースも瞬間視聴率のグラフ見ながらドラマと同じ感覚でつくってますからねえ。恥の感覚、ゼロです。

もう、ニュース番組、ワイドショー番組、みんななくしたらいいですね。キャスターとかコメンテーターとかいらんです。セットもいらない。黒バックでアナウンサーがひとり出てきてニュース原稿を箇条書きに読むのがいちばんいいです。30分番組で十分です。スポーツや天気予報は、どうぞ別枠でやってください。ニュース専門チャンネル？そんなもん、いらないです。

〔05年2月〕

ドン・キホーテ放火事件
2004年12月埼玉県さいたま市の量販店「ドン・キホーテ」が放火され、従業員3人が焼死。商品の圧縮陳列に非難が集まった。

台風報道

台風報道でアナウンサーが新宿南口や、東京駅、羽田空港の近くに行ってビニールの雨合羽を着て現場から中継をしているのですが、いつも、たいしたことを言っていないのにハラが立ちます。

（一将・東京都）

デッカイ台風の時など、ニュースを見ていていつも思うのですが、確かに羽田、東京駅からいつもアナウンサーが中継してますよね。そして、これが不思議なんですが、あの大荒れの天候のなか、例えば羽田空港で、アナウンサーの後ろにかなりの数の客が見えるんです。

ボクはそれを見てハラが立ちますね。めっちゃめちゃ台風やん。飛行機が飛ぶわけないやん。それなのに空港へ来ている旅行客は頭が悪いんか。友達がおれへんのか…。だいたい、羽田へ行くまでに、めっちゃめちゃ天気が荒れてるのがわかるじゃないですか。絶対に飛べへんことがわかるでしょう。なんで来るんですか。

仕事などでどうしても行きたい？　いやいやいや、その気持ちは理解できますが、それなら空港へ飛行機が飛ぶかどうかを知るために電話一本入れたらいいじゃないですか。銀座へ休みで買い物に来ていた客もいました。マイクに答えてましたが、地下鉄を降りて上がったらすでにものすごい台風やった。でも、頑張って歩いていったら、店が閉まっていた。当たり前やないか！（怒）

何日も前から台風が直撃しそうだって、テレビで言ってるちゅーねん。こいつらにハラ立ちません？「とっても残念です。今から帰ります」とぬかしていましたが、家を出る前に電話かければいいじゃないですか。１０４（番号案内）が値上げしたからもったいない？　いやいやいや、千葉から来たいうてましたから往復の電車賃のほうがもっとします。

あと、東京駅でね、バカ家族が「今から帰られへんと困ります…」とか言ってましたが、１日前に帰れ！（怒）。家族旅行を１日早く切り上げたらいいだけじゃないですか。そのために天気予報があるんでしょうが。３日のところを（３日楽しみたいのはわかるけれど）２日で帰れば台風に遭わないということが、なぜわからないのでしょう。

ボクが怒ってるのは彼らのあまりの情報不足に対してなんです。今どき、これだけみんなが携帯電話を持って、天気なんかリアルタイムでわかる時代に、利用できてないアホが多すぎます。計画性がないことにイライラするんです。ボクならそんな失敗は絶対にしません。

ボクは、五・十日（ごとうび。集金が多いので道が混むとされている）は家を出る時から混むのがわかっているからいつもより早く出ますし、高速の状況も家を出る前に調べてから出ます。高速の出入口が封鎖されていたら、出る時から進む方向が違うのは当たり前やし、ちゃんと対応しています。天候や気温で着るものも変わってくるし。夜から雨だとわかってる時にバイクで来るヤツの気が知れません。

台風の話に戻りますが、羽田で「一応来てみたんだけど、欠航でした」というヤツがいましたが、なんてアホなんでしょう。この前の台風はここ10年来で最大の台風と何回もテレビで言ってたじゃないですか。なんで飛ぶと思ったんですかねえ。子供にしたら、こんな父親はイヤですよ。

ボクなんかは、台風が来そうな時には、その前日から家を出なくてもいいように行動します。コンビニにも台風の当日には行かないです。行かなくていいようにしていますから。

今日中に大阪へ行かなければならない場合？　だったら前の日から行っておくとか、それに対応した行動をとるのが現代人というものでしょう。緊急の仕事の場合はともかく、遊びで来ていて困っているヤツらの考えだけはわかりません。

もっともね、彼らがどこかで〝ハプニング性〟を求めているのかな？　と考えられるとこはありますね…。なんか変化のない毎日じゃないですか。困ることを楽しんでいるというか、潜在意識の中でそうなったらおもしろいかもと思っているのかもしれません。

〔04年11月〕

郵政解散選挙

解散総選挙にはずーっとイライラした気分でした。争点は郵政だけでいいのかという問題も曖昧なままでした。ほんとに日本の政治状況はどうしようもないと思います。

（竹下コウジロウ・山形県）

まあね。日米関係の問題も、北朝鮮の問題も、年金も、あんまり争点となりませんからね。政治家は、ある種、独裁者でないといかんと思うし、国民というのはだいたいがアホやから、小泉の「郵政民営化、賛成か反対か」みたいなのはいいと思うんです。でも、彼には独裁性を外交面、特に米国や北朝鮮に向けてほしかった。

郵政民営化に関しては、何人かの人に聞いたんですが、どうもいまいち、よくわからないんです。民営化にすることがマイナスだとは思わないし、民営化で失敗したことはあまりないですよね（JRも、NTTも、JTも）。

ただねぇ、小泉の対抗馬がゆるすぎるんですね。みんな小泉を否定するだけだから、小泉のリングに上がってしまっている。

辞職した民主党の岡田党首？　ダメっしょ。まずね、岡田氏は口べたなんですよ。「大丈夫か？」と、演説を聞いてて心配になりますね。しゃべりのプロとしてみて、不安がよぎる…ウケる気がしないんです。後輩なんかでも、こいつに任せておけば大丈夫やろ、というのと、こいつは危ないな、絶対助けたらなアカン、というのがある。彼は残念ながら後者のほうですね。

岡田氏の演説は、聞き取れるのは小泉のやっていることを悪く言うところだけで、それ以外は耳に入ってこない。しゃべりもパフォーマンスもへたです。向いていない方ですね。

ポスト小泉は、あえていうなら独裁者的な趣のある石原慎太郎しかいないでしょう。まあ、ポスト候補の中ではいちばんいいかな。基本的に間違ったことは言ってないですもん。ちょっと新宿・歌舞伎町を中心とした「風俗」を取り締まりすぎたことを除けば。そこだけですね。都知事としての彼の失政（?）は。

風俗を取り締まると地下に潜るだけということをいちばん知っている方なのに、NY（ジュリアーニ市長）の影響を受けたのかなァ。地下へ潜ると変な病気が後々、蔓延してえらいことになるんですが。

ボクは風俗については風営法をもう一回改正して夜の12時以降もやれ、と思っているくらいなんです。若者のクラブも12時以降、営業不許可になるらしいですね。これは先進国とは思えない。12時以降、夜の街が元気ないんです。

吉本の若手が嘆いていました。東京にAV見ながら、女のコがやってきて手コキでヌいてくれるところがあったんですって。3千円で。軽い作業だから、そこそこ可愛い女のコがそろっている。みんな貧乏だから「3千円は助かるわぁ」と言っていたのですが、そこも都の一掃作戦で閉鎖です。手コキくらい、やらしたりーなー、と思いますね。

ボクもいっぺん行ってみたかったのですが、「兄さんは、やめてください」と止められてしまいました（笑）。ウエットタイプのおしぼりティッシュで拭いてくれるらしいです。シャワーもないですから。

法をかいくぐって、ヌいてくれる女のコをボランティア制度にしたら？

いや、それはイヤやなー。ボランティアと言われただけで傷つくなー。ひとりじゃヌクのもできんのか、と言われているみたいで。

〔05年10月〕

郵政解散選挙

2005年8月8日、参議院本会議で郵政民営化関連法案が否決されたことにより小泉純一郎首相（当時）は衆議院を解散。郵政民営化を反対した37人の造反議員を公認候補とせず、「刺客」候補を立てて選挙に臨んだ自民党だが、結果は圧勝に終わった。

低い投票率

選挙の投票率が低すぎます。本来ならば70%を超えていない選挙は無効にするべきだと思います。いっそ、投票しない人からは罰金1万円を徴収するとかしたほうがいいのではないでしょうか。

(高木信雄・東京都)

ボクの考えは罰金をとるのとは逆で、街に選挙権Gメンを張りめぐらしておいて、20歳以上でも、高速でタバコのポイ捨てするヤツとかゴミ出し日を守らないヤツとかは「ハイ、キミ、次の選挙権剥奪!」というふうにやったらいいと思うんです。高速でタバコ捨てるんでも中央車線で後ろから車が来るのに投げ捨てるヤツいますからね。危ないっちゅーねん。ああいうことをする人たちに選挙権を与えては絶対にダメです。エレベーターで降りるヤツがいるのに、乗ろうとしてくるヤツとかもね。こいつら、みんな選挙権剥奪でしょう。

あと、70代以上の超高齢政治家はダメでしょう。車だって一定年齢を超えたらステッカーを貼らないとイカンのですよ。車の運転が任せられないのに、国の運転が任せられるんですか？　ゆっくり走る？　他国は猛スピード出しているのに、老人政治家たちは車線変更ができるんでしょうか？

投稿者のいう投票率を上げる運動ですが、いわんとすることはわかるんですが、一方では「パーセンテージでいえば、結果は一緒なんちゃう？」とも思います。

投票率が上がって浮動票が動くと悪ふざけで投票したりする人も増えると思いますが、それで本当にいいんですか？　それよりも日本の借金といわれている７００兆円を持っている金持ちが首相になって国の借金をチャラにするというのがいちばんいいですね。

孫正義とか、みのもんたとか、持ってないですかね？（笑）。

借金ゼロにしてくれる人が首相になるのがいちばん早いじゃないですか。

アラブの王子？　なんか、それはそれで植民地になったみたいな感じかなあ…。

彼らが首相になると道路標識もアラビア語との併記になるでしょうし。それもなんだかねえ。

〔05年10月〕

追っかけ熟女

ヨン様を追っかけて成田やソウルへ飛び回っている、母親世代の女性たちを見ると悲しくなってきます。旦那が稼いだ金で好き勝手やりやがって。（大・千葉県）

これは、見る角度によるなァ。

追っかけてる世代は、下はウチの姉ちゃんから、上はウチのオカンくらいまで、ですよね。そういうのは王道のファンじゃないですから。ちょっとねじ曲がったファンです。例えば、ペ・ヨンジュンが日本語ペラペラで、空港で流暢に挨拶していたらこうはなっていないですからね。一生懸命、カタコトで日本語で挨拶したり、知らない国へ来て歓迎されてドギマギしている感じがういういしいんです。そういうのにキャーキャー言ってる人に王道の愛はないです。すごく悪くいえば座敷犬を可愛がるのと同じ。なんか、見下している感じがある。

自分が明らかに劣っていると感じる場合はこういう態度には出れません。「この人、すごいんや。私なんか、そばにいられるだけでも幸せ」ならいい。そういう時は、ワーキャー言えませんから。

冬ソナ・ツアー？　ありえない話ですね。別にどうこうは言いませんが、日本はおかしな国です。ちゃんとスターシステムがすでに確立していて、女性が女性を追っかける宝塚。美少年を追っかけるジャニーズ。中高年にはマツケンもちゃんといる。

その上、まだ追いかけるかなぁ？　ほんまに日本は上から下まで追っかけが大好きな民族ですね。それでいて不思議なのは日本がアジアでは一番とみんなが思っていることですね。他のアジア諸国は日本より下だと思っている。そういう上から見下した立場でキャーキャー言ってるから謎です。ヨン様がアメリカ人だったら、こうはなってないでしょう。だからね、フィリピンパブでよろこぶオジサンと、ヨン様でよろこぶオバサンは一緒なんです。

ヨン様みたいな男を呼んできてホストクラブをしたら儲かる？　いやいや、儲かるでしょうけど、日本語を覚えて頑張っている感じがないとダメなんです。汗水流して、一生懸命、日本に溶け込もうとしている感がないと長続きしないでしょう。だから、ボクはオバサンたちからモテないんです。なんでもできちゃう人間だから（笑）。〔05年3月〕

サッカーで騒ぐニュースキャスター

それほど知識も持たないくせに、ブームだからとサッカーで騒ぐテレビのキャスターが許せません。

（シライシ・東京都）


ボクも、ニュースやワイドショーの局アナやメインキャスターがスポーツコーナーになるとはしゃぐのにカチンときます。もう辞められましたけれども、久米（宏）さんにもがっかりさせられたことがありました。ワールドカップ予選かなにかでものすごくテンション上げていたでしょ？　その前までは政治のことを冷静にコメントしていたのに、急に「がんばれ、ニッポン！」ですから。「えっ、こんなに変われるの⁉」と思いました。人間不信になりますね。有田（芳生）さんみたいな人は（テレサ・テンなどの例外を除いて）基本的には芸能ニュースには口を出さないじゃないですか。久米さんも「スポーツのことはわからないので専門家に任せましょう」と、クールに通してほしかったです。

〔04年6月〕

発表されない警察官の顔

警察官の不祥事だと、なぜか顔写真が載っていないような気がします。ものすごく不公平に感じられてハラが立ちます。

（川上毅一・千葉県）

そうです、そうです。警察官が悪いことをした時って、顔写真を出しませんね（編集部注↓凶悪犯罪などの場合に写真が提供されたケースもある）。

上のヤツが会見で頭を下げて「申し訳ございませんでした」で終わりにするのですが、当事者の警察官の顔写真は出ていないんです。でも、みんな、なにも言わない。殉職の時のような表彰状モノの時はドーンと顔写真を出すのですが、その反対の時は無視を決め込んでいます。

一般人は逮捕されたら真っ先に顔写真が新聞にもテレビにも出るのに、なんで警察官だけは顔写真が出ないいんですか？　まあ、これからも気をつけて見ていてください。

警察官なんだから、一般人以上に角度違いで何種類もの写真を出すべきでしょう。おかしいなあ、なんかおかしいなあ。こういうことにクレームつける機関はどうしてないんでしょう。しょーもないことにクレームつけてくるくせにねえ。怒ることのポイントが間違っている。

怒るといえば、ＪＲ西日本の事故の記者会見でえらそうに怒っていた記者が問題になりましたね。たしか新聞でも謝罪広告を出していたはずです。

ああいうヤツがいるんですよ。ふだん自分が怒られていることが貯金になっていて、自分が怒れる時にブチ切れるヤツ。ちょっと車こすっただけで怒るヤツがいますから。でも、あの記者のことがちゃんと問題になって、久しぶりにうれしかったですね。

〔05年8月〕

サッカー音痴をバカにする人々

サッカーを知らないだけで、なぜ仲間はずれにされなきゃいけないのでしょうか。

（コウタ・東京都）—

スポーツが嫌い、と公言してきましたが、サッカーにしてもプロ野球にしても、個人の選手に会って「こいつ、嫌いやなぁ」ということはまずないんです。

マスコミ、特にスポーツキャスターがサッカーに大騒ぎするから腹が立つようになっただけなんです。

逆に言うとコイツらのおかげでサッカーもいい迷惑なんですよ。「変な持ち上げ方をするから、おまえのせいでサッカーが大嫌いになってしまったやないか」というキャスターがいますからね。

日本人選手への身びいきも目にあまります。海外で活躍する日本人選手が就ったコーナーキックで外国人選手がヘディングでシュートしたら、「うまく頭に合わせましたねえ」とほめるほめる。

単なるアシストでいいじゃないですか。もう、テレビの応援解説を見ているとびっくりの連続です。

〔04年6月〕

マイケル無罪

マイケル・ジャクソンが児童性的虐待の疑惑で告訴されながらも無罪になりましたが釈然としません。お金持ちの有名人は無罪になるのか！（渡邊光明・東京都）

マイケル・ジャクソンの無罪判決（2005年6月）ですか？　あれには、ちょっと笑ってしまいました（笑）。

あれね、NHKの『週刊こどもニュース』ってあるじゃないですか。あそこで取り上げられていたんです。「性的虐待」などの言葉にフリガナがふられている事件記事を見せて子供にもわかりやすく解説する番組なんですが、アナウンサーが読み上げている横で聞いている子供たちの顔が複雑なんです（笑）。微妙な表情というか。「これは扱わないほうがいいんちゃう？」と思わず言いそうになりました。

NHKとしては、日本でも陪審員制度みたいなもの（編集部注↓日本では裁判員制度）を取り入れるので、あえて陪審員制度とはどういうものかを解説したかったんだと思いますよ。でも、マイケル・ジャクソンの罪状（子供への性的虐待疑惑など）を子供たちの前で説明できるわけがない。なかなかおもしろかったです（笑）。

でも、今回の裁判で気になったことはマイケルが無罪を勝ち取るために使った230億円についてですね。民事裁判で無罪だった時に、その費用を敗訴したほうが負担するように、国がマイケルに「すみませんでした」と返すのが当たり前じゃないですか。でも、返ってこないんですね。無罪なのに、どうして？　これについて、「おい、ちょっと待て」と思いました。「230億円かけないと反証できないほどのイチャモン」を、今回は十年来の宿敵検事からつけられたわけじゃないですか。ボクならたまりませんね。

この手法を悪用すれば、イヤなヤツに無実の罪をかぶせて破産させられるわけです。まったくの作りごとでも、相手は無罪を証明するために230億円使うわけですから。さすがのマイケルもネバーランドを手放したくらいですからね。

ボクはタレントだから、ややマイケルの側に立ってるのかもしれませんが、有名人でお金を持っていて気にくわないと思うヤツがいれば、ちょっと腕の立つ検事ならば今回のようにその人を破産近くまで追い込むことができる…ということです。

だって、この手の裁判は水かけ論になるから、どちらも立証することは非常に難しいでしょ？　陪審員12人が全員一致で「間違いなく有罪」と言い切れるわけがない。

　ましてやマイケルは人さらいをしたわけではないし、殺したわけでもない。ネバーランドに招待された時点では親も周囲に自慢していたくらいですから、仮にほんとにイタズラされていたとしても、親たちは「お前ら、見て見ぬフリしてたじゃないか！」と言われても仕方がない。本当のところはもちろん誰にも永遠にわからないでしょう。

　でも、結局、「有名人って損やなぁ」です。裁判であれだけプライバシーが暴露され、230億円も弁護士費用をかけて、やっと無罪判決が出ても世間的にはイマイチ無罪と思われていない。ひどいものです。

　例えば、ボクなんかが写真週刊誌や女性誌にありもせんことを書かれて、時間と金を犠牲にして訴えたとしましょう。そして裁判で勝って損害賠償100万円くらいをとりました…となっても、出版社はその記事で100万円以上の儲けを出しているんですよ？　勝訴した時には、その出版社の利益分を全部没収できるくらいでなければいけないでしょう。

　こういうことをいくら言ってもね、聞いている人たちにとって所詮は他人事なんですよ。その大きなケースが今回のマイケル・ジャクソン裁判だったんです。テレビで「有名人の裁判の仕方」みたいなことをやってました。〝有名人はお金があるから優秀な弁護士を何人もつけて勝てる〟みたいな。いやいやいや、まったく逆やろ。高い弁護料を用意しなくてはならない有名人のほうが損をしているんですって。〔05年7月〕

女人禁制の土俵

大相撲の土俵には女性は上がれません。また、甲子園でも女性がグラウンドに上がるのは原則禁止だと聞きます。女性が軽視されていますよね。（Ｎａｏ・長野県）

これはね、投稿者には悪いんですけども、男風呂に女が入ったらダメでしょう？　男女お互いに入れないところもある。それと一緒で、女性がやってはいけないスポーツもあるんです。そういう決まりは守ればいいじゃないですか。ボク個人的には、女が土俵に上がったらアカンとは思いませんけれども。だけども女性たちがどうして土俵にだけ目くじらを立てるのかがわからないですね。

　ええやん。女性は古来より土俵の上に立ったらアカンと決まっているのだから。女性が上半身裸で、まわしひとつで、すなわち男とまったく同じ条件で土俵に上がるのならボクも少しは考えましょうが。

　でも、こういうのって確かにどこで線を引くのかが難しいですよね。歴史的、民俗学的な規範によっていろいろ考え方があるから。

　例えばボクは、女性についてではありませんが、飛行機内に小さな子供を入れたらアカンと思うんです。これが守られているのはクラシックやバレエの会場。ここでは小学校に入る前の子供はお断りしますとはっきり書いてあるし、それが守られている。乳飲み子をかかえた母親がコンサート会場で人権を主張しても、それは聞き入れられないでしょう。

　投稿者の方に尋ねたいのですが、レストランとかへ行くとトイレがふたつあって、片方は男女兼用、片方は女性専用というのがあったりします。男は女性専用には入れないというのがルールです。もし、あなたが本当に男女差別に抗議したいのなら、こういう身近な問題から解決しようとしてほしいですね。

〔05年3月〕

極悪犯罪

極悪事件が多すぎます。未成年の事件もなくなりません。高１少女のタリウム母親殺害未遂事件、同じく高１の少年による町田の女子高生刺殺事件…。こういうことを抑止する法はないのでしょうか。

（嶋村剛・東京都）


少年犯罪についてですが、もう、これもね、何回も言ってきたのであえて語弊のある言い方をしますが、もうね、「こいつら、16歳の時点で逮捕されて、まだよかった」と無理やり考えるしかないですね。

あの子たちが、もしも40、50歳まで見つからずに世の中に放置されたままでいたら、もっと悲惨な大量殺人かなにかドエライことをやった可能性はきわめて高いでしょう。だから、今回のこと自体、救いようのない悲惨な事件でご遺族の方にはかける言葉もありませんが、せめて「悪が完全に成長しきる前につかまえることができた。不幸中の幸いであった」と考えるしか供養の道もないでしょう。こういう犯罪に対する罰として、死刑とか終身刑とかじゃなくて、静かに「星に帰してあげる」みたいなことはできないのでしょうか。苦しむのではなくて、静かに消滅できるような…。

あー、そーかー、そうすると「安らかに死ねるからええわー」と考える輩《やから》が出てきて犯罪が増えるかぁ。

少なくとも、前から言っているように、世の中の犯罪を抑止するには「腕をへし折る」みたいな罰則があるといいと思います。こういう法律はなぜ通らないのでしょうね。万引きしたら「腕をへし折る」、という法律さえ成立していれば、みんな「万引き、やめとこ」と思いますよね。絶対、治安がよくなるはずです。外国映画や小説に出てくる、(死に至らない厳罰としての)足の膝を撃ち抜く、手の甲を撃ち抜く、みたいなことがいちばんいいのではないでしょうか。殺しはしないいんですから。

幼児殺害の犯人なんかは手の甲を撃ち抜いて、一生、「こいつは幼児を殺害しました」みたいな跡を残したほうがよくありませんか？　06年度をもって幼児を殺害したヤツは、未成年であろうが、手の甲を撃ち抜く、みたいに法を制定しましょうよ。「うわー、そんなの、かなわんな」と幼児を殺害することだけはやめるかもしれないじゃないですか。

手の甲に穴があいたヤツを差別するか？　そういうヤツが、将来、番組の打合せのスタッフにいたら？　そりゃあ、その本人にはそういう意識は持つでしょうね。それは仕方ないでしょう。でも、その二世は差別しません。

それに、もしも、そいつがお笑いの世界に入ってきて本当におもしろかったら、手の甲に穴があいていても、M―1、優勝させてあげます。

〔06年12月〕

女子タリウム母親殺害未遂事件
2005年10月31日、静岡県立高校1年生の女子生徒が劇物のタリウムを用いて母親を殺そうとした事件。母親は重体。
町田女子高生刺殺事件
2005年11月11日、東京都町田市の自宅で都立高校1年の女子生徒が首などを包丁で刺されて死亡。同じ高校に通う男子生徒が犯人だった。

日本チームへのブーイング

２００４年のサッカー・アジア杯での中国人のブーイングには、さすがのボクも頭にきました。これまで自分が日本という国が好きだと意識したことはなかったのですが、マジにムカつきました。

（康介・神奈川県）

あぁー、あれですか。見ました、見ました…。ただねえ、本末転倒というか、本来、国と国のいざこざをやめてスポーツで競争しようといろんな大会が催されてきたわけでしょ？　それなのに、なんでファン同士が応援で喧嘩しなければいけないのか。

ボクがいまひとつオリンピックが好きじゃないのも、まさにそこなんですよ。闘争本能を戦闘からスポーツに置き換えた人類の叡知《えいち》があるにもかかわらず、どこまでいっても国同士の優劣を決する争いからは逃れられない。個人競技はそうでもないんですが、チーム競技は国を背負った感じがしてイヤですね。柔道とかレスリングなら、おもしろく見られるんですけど。ボクの中では野球、サッカーなんかは国を背負った悲壮感が漂いすぎていて盛り上がらないです。

スポ根ドラマなんかでも、「力の有り余った不良を集めて、そのエネルギーをラグビーなどに振り向ける」という手法が多いじゃないですか。こういう「エネルギーを他に向ける」ということでスポーツは発展を遂げ、地球は平和になってきたはずなんです。

そこが今回は守られていなかった。逆に憎しみ合うことがスポーツの決着以前に表に出てしまっていた。そうそう、中国人の女性サポーターたちが日本のマスコミに向かって中指を突き出して「ファック・ユー！」みたいなことをやっていました。ああいうのが、いちばんカッコ悪いですね。自分の国の言葉や表現で言えっちゅうねん。

2004年・アテネオリンピックを見たか、ですか？ う〜ん、これは年齢のせいでしょうか、昔はあんなに見ないと言っていたのに、今回はチラホラと見るようになってしまいました。

YAWARAちゃん？ ボーッと見てました。周りが騒ぎすぎですね。軽量級（48kg級）で女子ではねえ…。彼女はインタビューで「田村で金、谷でも金…」と言ってましたが、その後に「もう一回、田村で金」とか言ったらおもしろかったのになあ（笑）。

同じ日に金メダル3連覇した野村忠宏はかわいそうでした。今回、民放は「アテネでミテネ」とかなんとか手を組んでやってるんですから、スポーツ紙も「ウチは谷で1面」、「ウチは野村で1面」みたいに役割分担したらよかったのに。〔04年9月〕

W杯、日本敗退

2006年ドイツW杯オーストラリア戦、日本のあの負けぶりはどうなんでしょうか？ 1―3の逆転負け。一生懸命さが全然感じられませんでした。走る気ないなら、サッカーなんかやめちまえ〜！ （仲田ヒデ・北海道）

はい、初めてちゃんとサッカーの試合を最初から最後まで見たかもしれませんね〜。後輩が見たいというので、付き合って見た程度ですが。

感想ですか？ うーん、どう言うたらええんやろな。日本チームへの怒り？ いやー、選手に怒るというよりもサポーターに怒りたいというか…。サポーターの人たちはもっと（負けた時は）怒ったほうがいいですね～。みんな、優しすぎますわ。特に、最後の3点目みたいなのは、（サッカー音痴の）ボクが見ててもひどいもんだと思いますよ。一生懸命やって負けたら、それは仕方がないけれど、あそこはね…。暑さでフラフラだったというのもわかりますが、日本は30度以上を普通に体験している国なんですから言いわけにはならない。

暑さでいったら、今が冬のオーストラリアのほうが余計に苦しいでしょう。

チームプレーですから、誰か特定の選手に向かって怒れというのではなく、ラストの集中力のなさ、緊張感のなさに対して、（敗者の美学に酔うのではなく）きちんとブーイングをしてほしいということです。

それなのに、試合が終わってスタンドを映し出すと、サポーターの人たちが（なごやかに）笑ってるんです。

キミたち、あんなに応援してたのに、最後のあの体たらく見て、なんで怒らないの…。がっかりしたり、選手に檄《げき》を飛ばしたりしないので、ますますサッカー・ファンというものがわからなくなりました。

オーストラリア戦の体たらくぶりだけで、帰国した時に選手は空港でモノを投げられても仕方がないと思うんです。

でも、それは絶対ないでしょう。

日本戦の後、「ブラジルチームはすごいすごい」といわれているので、どんなプレーなんだろうと、ブラジル対クロアチア戦も見たんです。でも、あまりすごさはわかりませんでした。

これでわかったんです。サッカー観戦はボクには向いてないです。

正直、まどろっこしいんです。

右へ行って、左へ行って、またこっちかい…。

また外へ出して、またかい、と…。よっしゃ、いけとなったら笛がピーとなって、いいところでストップが必ずかかる。ホントにイライラしました。ハラハラドキドキは感じずに。やっぱ、ボクには向いてないんだと思います。

（よりプレーが寸断される）プロ野球はもっと向いてないでしょう。

〔06年7月〕

勝ちに等しいドロー

サッカーなどでスポーツキャスターが「勝ちに等しいドローです」とか言ったりしますが、なにか潔くなくてイライラします。

（ヒデ・埼玉県）

そうです、そうです。〝勝ちに等しいドロー〟とか言いますが、そんなものはどこにも絶対にないですからね。ドローはドロー。負けは負け。勝てんかったら「勝てんかった」とハッキリ言うべきです。こういう「勝ちに等しいドロー」みたいな傷の舐《な》め合いみたいなことは、したらイカンのです。

ああいうキャスターたちのバカ騒ぎが嫌いですから、サッカーに興味を持ちかけたボクでしたが、「サッカーを意地でも覚えんとこ」と思うようになりました。サッカー選手は一生懸命やっていて全然悪くないんです。にわかファンとバカスポーツキャスターにハラが立っているということに、サッカー関係者はぜひ謙虚に耳を傾けてほしいものです。

〔04年6月〕

イラク人捕虜虐待

２００４年に発覚した米兵によるイラク人捕虜の虐待、それへの復讐としての米国人処刑…なぜ、このような悲劇の連鎖が続くのでしょうか。

（加山富士男・東京都）

最初のイラク兵捕虜への様々な虐待の映像はボクもテレビで知りました。でもね、根本的にはボクの意見はいつもとなんら変わってないんですよ。すなわち、ああいう映像なり写真なりが一体どこまで真実なのかを疑ってしまいます。

体験からいうと、ボクの写真を撮影しておいて、発表する時に好き勝手なコメントをつけられてしまう……そういう経験を何度もしてますからね。あれは簡単に創作できるんです。「顔を隠されているのは本当にイラク人なのか？」とか、「こういう写真って合成で作れないこともないよなあ…」とかいうことを最初に思ってしまうんです。まあ、いろいろな情報を整理してみても、ブッシュが「一部の仕業だ」としつつもさすがに認めていることから考えても、今回の写真はすべて真実だとは思いますよ。でも、100％は信じてはいません。それに、戦争ってこういう情報戦がいちばん怖いんですよ。入り組んでますから。「世論をどう取り込むか？　どうやって味方につけるか？」という戦争になってます。

こういう写真が出る時は、報道上の暗黙のルールとして出どころを明らかにしないというのがありますよね。誰がなんの目的で流したのかがハッキリしないから、よけいに疑ったほうがいいんです。本人たちではないでしょうし。

だけど今回の虐待については、たとえ疑わしい写真であっても、これだけ大きなニュースになること自体が「案外、世の中も捨てたもんじゃないな〜」と思わせてくれましたね。

え？　虐待の写真に写っていた女性兵士の友人がテレビに出てきて「あの人はそんなことする人じゃない。きっと上層部から命令されてやったのよ」と語っていましたか？　う〜ん、そんなことはないと思いますよ。戦争に行くっていうのはそれも込み込みの企画でしょ？　捕虜への拷問や虐待は、かつての日本だってやってきたことですし、やられてきたことだってあります。戦争時における捕虜というのは、そういう扱いを受けうる存在だということですから。だから、〝怒り〟というのとは違いますね。それよりも、こういうことが起きてしまうからこそ「戦争をやってはいけないんだ」と考えるべきでしょう。

薬でハイになっていたという説もあるそうですが、自分が兵隊に行って、横で友達が死ぬのを見て、敵を捕虜にしたら、それは憎たらしいでしょう? 酒でも飲んだら、なにをするか、そのへんはわからんことはない。いいことではないけれど、それが戦争という状況下で起きることを理解することはできる…。だからこそ前々から「戦争はやめろ」と言ってるんだということです。

〔04年6月〕

シンクロの鼻栓

シンクロナイズドスイミングの鼻栓にハラが立ちます。シンクロの女王ヴィルジニー・デデューは鼻栓をせずに演技をしてました。他の選手たちももっと練習を積んで、鼻栓をとれと言いたいです。

（馬場耕一・福島県）――

デデューは体質的なもんなんじゃないでしょうか。小さい時から蓄膿《ちくのう》症で鼻栓が必要ないとか（笑）。フィギュアでも滑るための道具、スケートをはかないでスピンなんかしたら、それはすごいでしょう。デデューのようなきれいな人だと確かに審査員のウケはいいでしょうね。芸術点が審判全員10点ですか。ほおー。

でもボクはね、鼻フェチなので、鼻フックなんかを連想する鼻栓は決して嫌いではありませんね。

まして団体の場合は、鼻栓をすることによってみんな同じような顔になる。ああいう団体競技というのは、軍国主義的な規律が美しいという側面もあるので、個人の顔は別にないほうがいいんじゃないでしょうか。もっといえば、全員覆面でもいいですから。

ま、それより、北朝鮮が7月の世界水泳でシンクロに出ていましたが、日本人を拉致して、いまだに返さない国が世界大会に出ていることのほうがハラが立ちますね。日本のテレビもシンクロだけは別扱いで怒らないでしょ。あれ、ボクが拉致被害者の親とか兄弟だったらハラ立つけどなあ。

スポーツは国境を越える？　いやいやいや、戦争をしているのなら「お互いに、ここは休戦して…」というのはわかるけど、向こうが一方的に拉致して返さないのだから、国境は越えないでしょう。ハラ立つわ。

〔05年9月〕

未履修で受験

一部の高校で、必修にもかかわらず、受験科目でないからと世界史を履修していなかったです。ずるいですよね！

（遠田ミチヒコ・福島県）


あれねー、なんなんでしょうねえ。

まあ、ニュースを見た印象では、やっぱり不平等な感じはしています。

ちゃんと必修として、（受験に出ないのに）授業で世界史をやってた学校もあるわけですから……。

ただね、この問題を根本的に解決するには「いい大学に入れる学校（受験校）が、いい学校や」という意識を変えていかんとアカンのですけどねえ。

そうじゃないと、受験に関係ない科目は本当に必要ないということですからね。

受験科目で、これアリ、これナシというのがダメなんです。全部共通化せなアカンし、授業をしている科目は、全部試験に出ないとおかしいはずなんです。

そういうたら、ボクが高校を受験した時にも、「A高校は5科目でB高校は6科目。だったらA高校を受験したほうが楽やなあ」みたいなことがありました。

この受験間近のクソ忙しい時に、6時間目の次に7時間目として（受験に関係のない）世界史を受けさせられる生徒にしてみれば、それは面倒くさいでしょうね。

まるで、親からカネいくら使ってもええでといわれて使ってたら、親のカネは実は借金してたもので、あとで自分が返さないとアカンみたいなものですから（笑）。

この問題は教習所でのマニュアル車講習にも似てるかな〜。ボクらはちょうど（オートマ車が導入される）過渡期だったので、マニュアル車にも乗せられた世代なんですよ。マニュアル車の運転って、初心者にはめっちゃむずかしいじゃないですか。半クラやらされたり、坂道発進やらされたり…。でも、今のオートマ車全盛時代、半クラなんて一生する機会ないでしょう。「あれは一体なんやったんや！」と、怒りがフツフツとこみあげてきます。

　今から（未履修の世界史の）補習を受ける生徒もそんな感じじゃないでしょうか。

　ボクは、世界史というか「歴史」というもの自体を、「多分、なになにだろう」の連続だと思ってて、そもそも信用してないんです。（編集部注↓日本史の修正の例として、鎌倉幕府設立が実は1192年（イイクニ）でないらしいという説が有力になっている）地球がこの先、何百年もったとして、今の時代の「歴史」は（デジタル機器のデータ保存がしっかりしているので）後世にちゃんと伝わるでしょう。でも、（記録保存の不確かだった）古代の世界史といわれてもねえ。

　伝聞の伝聞のまた伝聞みたいなものが、文字の書ける人の耳にたまたま入って、それが残されているようなものでしょう？

　それを「真実」みたいに覚えろといわれてもね～。歴史を勉強する意味って、本当にあるのかな～と思います。ただの暗記勝負なら、もっと楽しいことを覚えたほうがいいでしょう（笑）。


（07年1月）

温泉偽装疑惑

白骨温泉の入浴剤問題から始まって、全国の温泉が偽装疑惑で揺れています。今まで効能を信じて、「ああ、ここだったら疲れがとれるに違いない」と温泉選びをしてきただけに怒りが込み上げてきます。

（スガ・東京都）

各地の温泉がえらいことになってますね。ただ、ボクなんかそうですが、完全に水道水を沸かしただけの温泉が、本当の温泉でなかったからといって、あまりハラが立たないんですよ。ボクは、あの広い大浴場とか露天風呂が好きなのであって、入浴剤を入れていて偽物の温泉だったとしても、広くてゆったりしていればあまりそのことは気にならない。

小さな湯船の本物の温泉よりは、温泉でない大浴場とか広い岩風呂のほうがうれしいかな…。発端は温泉が乳白色にならなくなったので乳白色にしたかったらしいですが、白くないくらいええやないかと思います。

おかげで乳白色にこだわらずに水道水を沸かしていた温泉旅館が調べを受けてバレてしまった。「ええ迷惑や」と怒っていることでしょう（笑）。病は気から、というように、水道水の温泉でも治る人もいると思いますよ。広い湯船でのんびり浸かることが気晴らしになるわけですから。

今回の温泉問題は、「だました」ことにはハラが立ちますが、実はそんなに気にならないんです。大浴場が好きなので…。だから、ワイドショーで取り上げているのを見てもイマイチ盛り上がらないのはボクだけでしょうか。

〔04年10月〕

白骨温泉入浴剤問題
2004年7月、白骨温泉の一部の浴場で入浴剤を混ぜていたことが発覚。各地の有名温泉旅館でも表示偽装が発覚した。

ジョンベネ事件

「ジョンベネちゃん事件」で自白した容疑者（ジョン・カー氏）は真犯人じゃなかったようです。捕まえた後のＤＮＡ鑑定でわかったということですが、なぜそんな曖昧なままで逮捕するんでしょうか？

（川上タロウ・岐阜県）

そもそも、なんでね、アメリカのニュースを日本がトップ扱いで長い時間かけて（ワイドショーなんかで延々）やるんでしょう。特別、びっくりするニュースじゃないし。もともと10年前に、なんで、よその国の話をあんなに報道してたのかも理由がわからんし。まして今回も犯人が確定したわけでもない。

本当に日本は平和な国やなー、と思います。容疑者が潜伏していたタイと、アメリカ本国以外で、ジョンベネちゃん殺人事件の続報ニュースをこんなに大きく扱っているのは世界でも日本だけではないでしょうか。

カッコ悪いです。まったく報道しなくていいとは言わないけれど、もっと国内のニュースで時間を割かなければならないネタがあるでしょう。

いったい、誰が取り扱うニュースの時間の長さを決めているのでしょう。

そのへん、今のニュース番組は本当にヒドイと思いますよ。

靖国神社への小泉参拝にしても、自分の国の賛否両論あるニュースをこれだけ長くだらだらとやる意味があるのかなー。

朝から晩まで首相の足をひっぱる国は日本だけじゃないですか。（編集部注↓対イラク・対テロ戦争の時、CNNも保守系FOXもニュースチャンネルは基本的にホワイトハウス擁護だった）

去年、ボクは「靖国参拝のニュースをやらなかったらええねん」と言いました。まったくやらないほうがいいと今でも思っています。ニュースを大々的にやらなければ、仮に行っても行かなくても他国が関心を持ちようがないからです。

他国は日本のニュースを見て行動を知って怒ってるんでしょ。わざわざ「これを見よ！」とニュースをやってるようなもので、自分で自分の首を絞めるカタチになってるんじゃないでしょうか。

プロデューサーはおそらく「今日一日の視聴率」しか考えてないですもん。長い目で見たら自国にものすごくマイナスなのに。「他の国になにを言われても、毎年、靖国参拝は（そっと）行きます。だからニュースは今年で終わり」とすればいいんです。報道がなければ、他国も文句の言いようがないはずなんです。

日本の中で小泉反対を報道すると、海外を焚きつけて日本の立場がどんどん悪くなることがわかっていない。

その意味で、安倍晋三のあの逃げ方（行ったかどうか言わない、今後も言うかどうかわからない～みたいな、のらりくらりの答弁）も、ひとつの手なんかな、と思います。「え？　知りません～」と徹底的に言わないか、もしくは「行く。これで終わり」と断言するか。これでいいんです。

〔06年10月〕

ジョンベネ事件
1996年、アメリカのコロラド州でジョンベネ・ラムジーちゃん（6歳）が殺害された。2006年8月タイ・バンコクでアメリカ人男性が容疑者として逮捕されたがDNA鑑定の結果、無実。

石原都知事

石原都知事は海外出張の時は1泊20万円以上もするホテルに泊まっていたらしいです。国会議員たちも豪華な議員宿舎があります。ぜーんぶ、国民の税金なのに！本当に腹が立ちます！

（オレ都知事・東京都）

豪華出張問題ですか…。

う〜ん、確かに今回はちょっと防戦一方でキツそうにみえますね。

今まで石原慎太郎という人は、こういうスキャンダルめいたことがあっても優雅に切り抜けてきた記憶が強いんですが、今回は、ん？　ちょっと苦しいゾ、とニュースで見てても思いますから。

でもね、ボクはそんなに腹が立ちません。選ばれた人たちというのは、ある程度の優遇は仕方ないとボクは思うんですよ。

豪華すぎるという赤坂の議員宿舎も非難ゴウゴウですけど、国会議員を一般人と一緒に考えるのもどうかな？　という思いもあるんです。

国民もマスコミもちょっと怒りすぎやな、中間はないんかな、と思います。無料はいかんけど、家賃9万で、その分、日本のためにがんばってくれるんやったら、いいんじゃないのかな…とボクは正直思いますね。

でも、ニュースの解説者とかは、そういう意見を言えない雰囲気になってます。議員や知事に少しくらいは特権を認めてあげてもいいと思いますよ。地方の議員さんも東京へ来て住む家はいるんですから。

議員本人らは言えないでしょうけど、「わしら、苦労して議員になっても、なんのトクもないんかい！」と、今回の件に関しては内心思っているでしょうね。ものすごいカネ使って頭下げまくって、やっと当選して東京出てきて、普通のサラリーマン並みの給与で家賃も自分で払え…は無理やわ〜。

芸能界も最近はちょっとこれと似た雰囲気がありますね。昔の銀幕スターのように、札束持って銀座で豪遊みたいな「こんな派手なことしました」が言えない状況になってますね。

〔07年2月〕

シャラポワ

シャラポワの胸に浮き出る乳首が気になってる。やめてほしいけど、見てしまう自分が悲しぃ…。
（鹿山広志・山形県）

彼女は確信犯なのでしょうか？　あれね、ボクもあれ、ちょっと、やめてほしいんですよ。あれ、コケそうでコケないので（笑）。

イライラッとして、どうしていいのかわからんのです。あまりハラ減ってないのに、ものすごいごちそうを出された感じかなぁ。満腹な時にテレビで「うわ、うまそう」みたいなグルメ番組を見た感じ？　あれは困るわぁ。もうチョイでいけるのにあの寸止めはキツイなぁ。ムラムラというより、イライラしてくるんです。中学生くらいだったらコケますけどね（笑）。

しかし、ええオッサンともなるとアレではなかなかむつかしい。それにしても、あれってクレームはこないんですか？　婦人団体とかから。

つけ乳首でないとしたら、ブラジャーをしたほうがいいか？　うーん…基本的にはしていて、決勝だけしない、とかがいいかな。いつもしないのはダメでしょう。「今日はしてるのかな？　してないのかな？」というのがいいですねぇ。一回、ゲーム中に引っ込んで、はずして出てくるのもいいです。うん、ピンチの時にひっこんで、ブラをはずして戻ってきて、ワーッと歓声があがって、審判をも味方につけて、というのもなかなかいい演出です（笑）。それにしてもボクが小学生だったら絶対に家族と一緒にはシャラポワが見られなかったですねぇ…。家族でK―1を見ていて、金的（急所）入ってプレイが一旦止まってもそんなに気まずくはならないんです。でも、家族で見ててテニスの乳首はアウトでしょう。

新体操は微妙ですねえ。スポーツとエロティシズムの相関関係というのは、なぜか誰も語りません。女子マラソンも微妙な時がありますよ。マイクが拾うあの息づかいとかね。フィギュアスケートにもエロティシズムを感じる時がある。つまりシャラポワはテニスの世界にそのフィギュア的なものを持ち込んできよったんです。強いからこそなんですが、うまく盲点をついてきましたね。

〔05年5月〕

特別収録① 初監督作『大日本人』を語る

『大日本人』（2007年作品・松竹）の公開を記念しておこなわれたインタビュー。だが、質問内容はやはり「怒り」に関してとなった（笑）。

――読者から「なぜ内容をまったく教えてくれないのですか？」という怒りの手紙がたくさん届いています。まずは、今回、『大日本人』の内容を封切り日まで明かさないという理由を教えてください！

松本人志監督（以下、松本） まずひとつ挙げられるのは、意外と監督さんって、インタビューなどでは（これまでのどの映画でも）内容は明かしていないんですよ。普通の映画監督さんだとそこまで求めない部分に（タレント松本としての）リップサービスを求めてしまうから、妙にボクだけが映画の内容を隠しているように思うんです。いろんな映画監督のインタビュー記事を読んできましたが、本当に映画監督って、内容に関しては言ってないですよ。確かめてもらっていいです。上映前に内容をペラペラしゃべっている監督さんって、実はいないはずです。だから、ボクは普通なんです。ちょっとそこに関して神経質になりすぎているんじゃないかと思います。

——確かに、内容をペラペラ話す監督さんはいないですね（笑）。

松本　そうでしょ。あと、明かさない理由としてあるのは「手法」の問題ですかね。「手法」は、今回、特別な撮り方をしているので、内容を言うとその「手法」が前もってわかってしまうんです。そうすると驚きが少なくなるというか…。う〜ん、こっちの理由のほうが大きいですかね。

——「内容」を言いたくないというよりも、「手法」を明かしたくないということですか？

松本　はい。「手法」といっても、そんなに特別なことではないんですけどね。あえて言えば、そういう言い方になるというだけです。ボクの周りでも、もう200〜300人ぐらいの人たちが試写を観ていますが、その人たちが口をそろえて言うのは「観たら、確かにこれは（あらかじめ内容を説明しろと言われても）言えないですね」ですから。

「本編を観たら、松本さんが（内容を）言えないって言っていた意味がはじめてわかりました」と言います。だから、せめて「なぜ内容を言えないか」の理由だけはハッキリ言わないと気持ち悪いなと思ったから、あえて「特別な手法やからやねん」っていうことにしてます（笑）。

——でも、「大日本人オフィシャルサイト」などでは、チョコっと映像とかポスターとか見せてくれているじゃないですか。そこらへんはどういう線引きをしていて…、どこまでがダメで、どこからがオーケイなんですか？

松本　本当はそんなこともあんまりやりたくないいんですけどねえ。

——じゃ、宣伝会社さんのためですね（笑）。宣伝会社さんがいちばん困ってましたから。なにもできないって（笑）。

松本　試写もほとんどやらないから観た人も大変みたいですね。観るにあたって、「内容をだれにも口外いたしません」という一筆を書かされるらしいじゃないですか（笑）。

——マスコミ関係者はたぶんそうだと思います。（編集部注↓松本監督本人を取材する関係者だけに限り、事前申請、記名方式でラフ編集の段階の作品の試写を観せてもらうことができた）

松本　だから、うちの後輩たちも困ってるんですよ。観ておもしろかったんやけど、「それを言うな」って言われてるから、観てない人との会話が微妙になるんです。「映画、観たらしいね。どうやった？」って言われた時に（なんかオドオドしてしまって）「あ、はい……」みたいな。ねっ、そのやりとりを聞いた人って（なんか言いにくそうにしているということは）「うわ、これって、絶対おもろなかったんや」って内心思うでしょ、間違いなく（笑）。だから「それはやめてくれ」って言ったんです。それやったらもう「観てない」って嘘をつくか、「おもしろかった」と質問した人にちゃんと言ってもいいことにするか。なにかそこまで徹底して伏せられたら、「うわー、松本、（大失敗を）やってもうたんや」みたいに思われかねない結果になるじゃないですか（笑）。

——ここ数年、洋画の世界同時封切作品などでも、そういう試写前に一筆書かされる慣習があって、それが業界内で広まったんですよね。

松本　ネット社会っていうもんがね、やっぱりここへきてネックになり始めているんですよ。

——そうなんですよね！

松本　いくら業界で徹底しても、（誰かが気まぐれで）ブログや掲示板に内容を書き込みしたら元も子もないですからね。まあ、ボクの場合は、内容が最悪わかってても、おもしろいとは思うんですけどね（笑）。ただ、よりおもしろく楽しんでもらおうというこっちの配慮なんですけどね。それが、逆というか、ボクのワガママみたいにとられてるのがちょっと心外ですね、ほんとに。それどころか、むしろ逆で、観客に対する温かい配慮なんです。そこがわかってもらえないかなあー。

今までのビデオ作品との違いは!?

――読者からの投稿で多かったのが、「以前に発表されたビデオ作品『頭頭』と今回の映画との違いを教えてください」という質問でしたが…。

松本　『頭頭』とは全然違いますね。

――全然違う？

松本　はい。結局、全然、難しい映画じゃないから。

――『頭頭』は難しい？

松本　『頭頭』は、やっぱりちょっと難しいというか、声出して笑う作品やと思ってた人は裏切られますからね。でも、『頭頭』も久しぶりに観てみようかなと思ってるんですけどね。この間、『ＶＩＳＵＡＬＢＵＭ』を久しぶりに引っ張り出して観てみたんですよ。

――どうでしたか？

松本　いいのも悪いのもありますけど、パッケージの中に入ってた作品で、やっぱり1本、2本は確実にいいですね。「ああ、すごいな」って思う。たまに、「あ、ここはもっとこうしたらよかった」っていう部分はありますけど、でも、やっぱりいいですね。

――『頭頭』や『VISUALBUM』を観たことがあるファンが、映画を観に行ったらびっくりする感じですか？　『VISUALBUM』の中の作品のなにかに似てるとか、そういうのはありますか？

松本　それはボクが逆に聞きたいですね。ぜひ、『大日本人』を公開している映画館に販売コーナーを設けて、『頭頭』や『VISUALBUM』を並べてほしいです。観ていない人はぜひこの機会に観たらいいと思いますよ。おカネじゃないです。なんだったら、その売上げは全額寄付してもいいです（笑）。ともかく観ていない人には、観てほしいんです。

――きっと、映画館も進んで過去の松本作品を並べると思いますよ。

松本　そうですね。でも、並べてもなんらアコギな感じはしないですね。そこそこダウンタウンを好きやっていう人でもね、知らないんですよ、意外にこのふたつのパッケージを。本当にちょうどいい機会ですよ。やっぱり『VISUALBUM』なんかは観たほうがいいと思うんです。自分で言うのもなんですが、あらためて観返してみて、やっぱり、おもしろかったですもん。『頭頭』も、もう一回観直してみます、今度。今観て、どうなのかと。

試写会でエクスタシーを感じた理由は!?

――苦労して完成させた映画を試写室で観た感想はどうでしたか?

松本　このあいだの初号試写の時に、ボク、ちょっと感じたことがあるんです。あ、この感覚っていうのは久しぶりやなと。ダウンタウンがデビューしたての時、全然無名やった時に劇場とかで舞台に出ていくじゃないですか。ほんなら、もうお客さんが「だれやこいつら、絶対おもろないわ」っていう顔で見るわけですよ。あの時のゾクゾク感をね、ちょっと久しぶりに思い出しましたね。こういう時というのが、実はボク、すごい好きな瞬間なんですよ。正直、新人なんてあんまおもろないですよ。(ボクらの前の出番の)コンビも、もうドン滑りしてるわけです。そこへ、「また知らんやつが出てきた」

とお客さんは思う。でも、「うわ、こいつら、もう絶対おもろないやん」っていう顔がね、（ボクらがネタをやってる間に）だんだん変わっていくんですよ。5分後、10分後、苦み走ってた客の顔が紅潮して、笑い顔に変わっていく。声出して笑う人も出てくる…。もう最後になったら「こいつら、めっちゃおもろいやん！」っていうふうに、会場がなんともいえないオーラに包まれる時のあのゾクゾク感。一種のエクスタシーですよね。

でもね、もうダウンタウンも有名になってしまったから、ああいう経験って、一生することないねんなと思ってたんですけどね。今回の初号試写でちょっとあの感覚を思い出したんですよね。あんまりネタばらしはできないけど、わりとスロースタートじゃないですか、この映画は…。あのへんがボクはもう楽しい。（スロースタートにしたのはよかったと）みんな、言いますね。

——確かにドキッとしました（笑）。最初のあの淡々とした感じが。

松本　その感じでずっといかれたらどうしようとか。そのへんがちょっと今のボクにはゾクゾクくるんです（笑）。

ズバリ、『大日本人』はおもしろいのか!?

――読者から公開時期について「怒り」の投稿です。「松本さんの映画の公開時期に北野武監督の『監督・ばんざい！』と、井筒和幸監督の『パッチギ！　LOVE&PEACE』も公開されています。世間的には三強対決（2007年6月当時）といわれています。ボクは一体どれを観に行けばいいのでしょうか？」とありますが…。松本さんは、正直、この2本を意識していますか？

松本　なにをもってということはわからんけど、「勝ちたい」とは思ってますよ。

――1本しか見れないとしたら、どれを選ぶかということですか？

松本　いや、ボクもね、最初は全然、種類が違うとか、いろいろ思ってたんですけどね。でもなにかそういう濁し方もカッコ悪いなと思ってね。だから、もう「勝ちたいと思いますよ」でいいんじゃないかなと思ってます。ただ、要はなにをもって勝ったか負けたかなんですけどね。でも、「勝ちたいと思って、なにがあかんねん」っていう話ですから。

――それは、みなさん（他の監督も）思ってるでしょうね。

松本　ねえ。それを言わないって、逆になにか気持ち悪いなと思ったんです。だから、「たけしさんの映画には勝ちたいと思います」っていうのは、正直に堂々とそこは言っていこうと思いました。じゃないと、自分の撮った作品にも失礼かな…と思います。

——井筒監督の作品には？

松本　いや、すべての邦画洋画問わず、基本的に勝ちたいです。上映時期がかぶっている映画ならなおさらです。

——読者としては1800円しかお小遣いがない子もいるわけですよね。なのに、映画館で観たい映画が3つある。うわあっ、ていう感じです。

松本　そこはまあ、会見でも言いましたけど、テレビの裏表とは違うのでね、時期ずらして観てくれればいいわけですから。まあ、ボクの映画はロングランになるでしょうから、次の次のお小遣いで行けるかもしれないですから大丈夫です（笑）。

——最後に、読者から究極の質問が届いています！「ズバリ、『大日本人』はおもしろいですか？」と。

松本　だから結局ね、ボクは25年、この世界でやってきたんだから、「ボクを信じろ」と言いたいですね。おもしろくないものをおもしろいって言わないです。2時間も人を拘束して、映画館に足運んでもらうのに（ヘタしたら往復3～4時間、ましてや1800円取って）おもろくもない映画を、さもおもろいかのように宣伝するなんてね、そんなアコギなこと、ボクはできる人間じゃないですから。それは罪、深すぎますよ。おそらくええ死に方できないですよ。ボクはやっぱり極楽に行きたいんで、ウソはつかないです(笑)。だから、ほんまに大丈夫ですよ。なにも疑うことなく映画館に来てください！

――読者の方から映画『大日本人』に対してこんな怒りが届いています。え～と、「浜田さんは、なぜ出ないんですか？　すでにドラマに出て、映画にも出ている。性格俳優でもあるし、ユーモアもある。お笑いの映画ならドンピシャです。あんなすばらしい方をどうして使わないのですか？」とありますが……。

松本　それはもうおかしな話ですよ。そしたら、なぜボクは『ジャンクSPORTS』に出ないんですか。なぜボクに『ウイダーinゼリー』のCMがこないんですか。なぜ浜田は『すべらない話』に出ないんですか、っていう話になってきますからね(笑)。そんなものは、コンビといっても個人個人で動いてるものやからねえ。

――ちょっとだけ出すという考えはなかったんですか？　映画『明日があるさ』で松本さんがちょっと出演されたように。浜田さんが出ると映画のイメージが壊れる、と？

松本　そのとおりです（笑）。全然、緊張感が違ってきますもん、作品としての（笑）。それはやはりダメですワ。

――あともうひとつ、もっと吉本のタレントさんがいっぱい出ると思っていたという意見もあります。いわゆるオリジナルＤＶＤ『ＶＩＳＵＡＬＢＵＭ』みたいな感じで。今田さん、東野さん、ホンコンさん、山崎邦正さん、ココリコさん…この方々が、出演されててもいいと思うのですが…。

松本　そうですかねえ〜。

――もう一度お尋ねしますが、彼らが出ると映画の雰囲気が変わる？

松本　いわゆる、そういうお笑い映画ではないですからね。浜田のことも、結局そういうことですけれども、それをやることで、「ああ、これはお笑い映画なんやな」って、ジャンルを特定される恐れもありますしね。

――ということは、これは何映画なんですか？

松本　これは、いやまあ、だからジャンルを決めることみたいなことは…。

――会見でも、そういうこと（映画をジャンルを決めることの無意味さ）は、ずっとおっしゃってきましたね。ちなみに、会社からもっと（いろんなタレントを）出してくれという要請はなかったんですか。

松本　それはないです。最近、ボク、吉本からなにか頼まれたことってないんです。吉本からこうしてくれとか、こうしなさいみたいなことはまったくないですね。今後もないんじゃないですか。最初からボクが（言うことを）聞かないと思ってるんですよ（笑）。

――実際、聞かないですよ…ね？

松本　ほんまはよう聞くんですけどね（笑）。

――こんな怒りも届いてます。「この映画はものすごく編集に時間がかかっていると聞いたんですが、それは本当ですか？　撮影は1年前に終わっていたという噂も…。だったら、もっと早く公開してください！」ですって…。

松本　いろんなことがあるんですよ。編集作業場（スタジオ）では、意外とアナログなやり方をしてたりするんです。CGの部分なんかで言うと、「間」がお笑いの「間」じゃなかったりするんです。CGの出来はちゃんとしてるんですけど、「間」がダメなんです。それをどうしたらええんかなと思って、いろいろ試したんですけど、最終的にはカセットテープで「はい、ここ。はい、ここ」って、録音しながら指示するのが一番だったんですよ。もう、めっちゃアナログなんですけど（笑）。

あんまり言えないんですけど、映画の中のシーンで新聞の見出しが出るとこなんかあるじゃないですか。あれがパーンと出る、あのタイミングって、すごく難しいんですね。「はい、ここで新聞。はい、ここで新聞」って一個一個タイミングを指示するんです。だから記者の方とかで、編集前の試写を見てもらった方には申しわけないんですが、その時と完成版では「間」が全然違うはずなんです。もう公開しているので、ぜひその完成された笑いの「間」を映画館で見てください（笑）。

頭頭
正式名称は『ダウンタウン松本人志の流　頭頭』。1993年7月に発売されたビデオ作品で、監督・主演を松本人志が務める。松本ワールド全開のその独特の世界観が話題になる。

VISUALBUM
松本人志オリジナルコントシリーズとして、「リンゴ・約束」「バナナ・親切」「ぶどう・安心」を発表。その3作に特典ディスク「めろん」を加えた『COMPLETEBOX〝完成〟』が2003年3月に発売された。

特別収録② カンヌでの怒り

ここからはカンヌ国際映画祭・監督週間に招待された当時を振り返っての「怒り」から2題をお送りいたします。

シャルル・ド・ゴール空港での食事

日本からパリへ行って、ニースへの国内線に乗り換えるまでに待ち時間が3時間あったので、メシでも食おうということになって、空港内のレストランに入ったんです。みんな、メニューがよくわからないので、マスター（らしき人）に「この人数で、お任せで、お願いします」と頼んだんです。

最初のサラダやパンなんかもあまりうまくなかったんです。そして、メインとして出てきたのがソーセージ。見た目は、フランクフルトの長いヤツみたいだったので、みんな「やっと、うまそうなものがきた」と、安心して頬張ったのですが…。

これがねー、おっそろしいほどのマズさなんですよ！　もうね、兵器ですよ、兵器！（笑）ナイフで切り分けていた時点で、中から強烈な臓物の臭いがして、あっ！とはなったんです。

生ぬる〜い臓物の湯気が鼻に届いて、その時点でボクは、「あ、オレ、これ、ムリ」となりました。

どういう料理って、豚の腸の中にまた生のモツを入れた、と言えばいいでしょうか。生の腸in腸です（笑）。

本当は食べたくなかったんですが、ウエイターも平然とした顔して持ってくるし、こっちもメインディッシュなんやからと気をつかって、ひと口くらいは、と思って食べたんです…。

究極の生臭さでした（怒）。他のスタッフに感想聞いたら「え、大丈夫ですよ。吐きそうですけど」ですって（笑）。全然、大丈夫じゃないでしょう。あれはなにかの陰謀だと思います。

後で聞くと「フランス人でも通しか食べない」モノだったらしいです。そんなものを空港のレストランに置くな（怒）、ということです。空港にあれば、名物なのかな、と思うじゃないですか。空港着きたてで、なんにもわからないわけですから。

あれは手の込んだイヤガラセです。

あんなポピュラーな形状のものに、中身変えて（しかもクッサいものに変えて）持ってくるな、です。

その後、2日目夜の創作イタリアンとか、3日目夜の地中海料理のブイヤベースやパエリアが絶品だっただけに、あのシャルル・ド・ゴール空港のレストランには納得がいきません。

狭くてうるさい国内便

帰りのパリーニース間の飛行機はホントに狭かったですね（エアバスA310・全席エコノミー）。しかも、赤ん坊が泣きっぱなしでしたし。4人の赤ん坊が順ぐりに泣いていたので、1時間半、気が遠くなりそうでした。

でも、ボクは昔に比べると、ああいううるさい時も、赤ん坊や親のほうに非難は向かなくなりましたね。

それよりも「ついてないなー」みたいな怒りのほうが大きくなりました。こんなもんに乗り合わせてしまった、みたいな残念な感じです。

昔は、泣く赤ん坊やそれをほっとく親にカチンときたものですが、今はないです。

でもねえ、カンヌ映画祭のある2週間くらいだけでも特別便を出せないものでしょうかねえ。

カンヌへ行く世界中の有名な監督はあれに乗らざるをえないわけですから。

現に、（北野）たけしさんも同じ飛行機だったらしいですね。

ともかく座席が狭い。ギッチギチです。ボクは窓側だったんですが、トイレなんか絶対行けませんから。当然、通れないから、横の外国人ふたりを立たせなければならないし、トイレから帰ってきたら、また立ってもらわないといけないし。とても言いだす勇気はありませんでした。そういう時に限ってトイレに行きたくなるんです。

赤ん坊の泣き声よりもハラが立ったのは隣の席のヤツです。真ん中の座席のくせに、新聞を広げてずーっと読んでいやがるんです。足は広げてこなかったですが、手を広げてくる。

肘掛けの上の空間領域は、だれのものなんや、と思いました。

ボクの顔の右3分の1くらいまで新聞がかかってくるんです。もうちょい侵犯したら、「言うゾ」と思っていたんですが、そのギリギリのところをついてくるんです。

あれはタチ悪いなー。

ちなみに、飛行機や新幹線で、3席並んでいる席の、あの真ん中ふたつの肘置きは誰のものなんでしょう?

一応ボクの中では、窓際の人は窓の肘置き、通路側は通路側の肘置き、真ん中は両隣に人がいて窮屈なので両方使っていいと考えているんです。優しいでしょ?

でも、横にいたヤツは肘掛けを越えて、腕を広げて新聞を読み続けていましたからねえ。優しいボクも、それは許せません!

でもまあ、今回のカンヌはそんなにハラ立つことがなかったかなあ。

あまり怒れなくてすみません(笑)。

あとがたり

ボクは「怒り」の連載を続けています。日本人は怒るべきところで怒らないと言われているなかで、なぜボクは怒っているのか。それには理由があります。

ボクなんかタレントなんで、よく感じるんです。居酒屋に行ったときにヨッパライに絡まれる。そうなると芸能人のこっちは絶対、手を出せませんよ。なんなら、向こうから1発2発どつかれたってガマンせなあかんよ、みたいな立場なんです。じゃあ、どうすんねん、居酒屋行くのやめようとなるんですね。喧嘩になったら最終的にこっちが損やから。「怒らない」し「怒れない」状況なんです。

これは世界の中で日本が置かれている状況とおんなじなんです。仮に日本の領土に外国人がいっぱい侵入してきたら、どうするんですか。そんとき「ちょっとだけお邪魔します」って来てるんじゃないんですよ。「うちのもんや！」と言って占拠する。それでも日本は手が出せないですよ。居酒屋でヨッパライに絡まれても反撃できない芸能人みたいなもんです。それが世界の中の日本なんです。怒らないどころか、怒りの言葉すら語らない。「うん〜、微妙だな〜」みたいな言い方するんですよ。「まぁまぁまぁまぁ」と済ませてしまう。

やっぱり怒らなあかんのですよ。それをなぜ怒らないのかと言うとやっぱり、「自衛隊」という考え方なんですよ。攻撃しない、ただ守るだけというのは国の考え方なんです。これが個人個人にも浸透してしまったのではないかとボクは思っているんですけどね。結局、怒ったところでこちらから攻撃できないじゃないか、という考え方が染み付いてしまった。

それじゃあ、平和が訪れない。

本当の意味でのね。

平和のためにも「怒り」は必要なんです。

平成20年8月25日

松本人志

構成　麻生香太郎
装幀　福住 修
撮影　山形健司
編集　土生田高裕、細井智行
協力　吉本興業

本書は『週刊プレイボーイ』2004年22号から2008年30号に掲載された「プレイぼーず　松本人志の怒り!」から86本を選出したものと、「プレイぼーず特別編　独占インタビュー　松本人志　ボクが試写会でエクスタシーを感じたわけ」を加筆・訂正して、単行本用に再編集したものです。

Hitoshi MATSUMOTO'S
IKARI Red Edition

松本人志の怒り 赤版

2008年8月30日　第1刷発行

著　者　松本人志
©Hitoshi Matsumoto 2008

発行者　大塚 寛
発行所　株式会社 集英社
〒101-8050　東京都千代田区一ツ橋 2-5-10
編集部　03(3230)6371
販売部　03(3230)6393
読者係　03(3230)6080
印刷・製本所　凸版印刷株式会社

定価はカバーに表記してあります。

Printed in Japan　ISBN978-4-08-780503-1